わたしのごちそう

◆◆◆

乃村寧音

Neon Nomura

紅文庫

目次

装幀　遠藤智子

わたしのごちそう

新入社員

好き。大好き。

ここ最近、出勤が楽しみで仕方なかった。久しぶりの恋に、わたしは浮き立っていた。

相手は、新入社員の駒田《こまだ》悟《さとる》くん。

わたし好みの地味目な顔立ち、要するに小柄。身長は一六五センチ無いくらい。体重は五十キロ～五十五キロくらいと見た。筋肉質でもない。いかにも勉強ばかりしてきました、って感じ。華奢《きゃしゃ》。たぶん、童貞じゃないかな。

わりといつも、無表情。眼鏡の奥から、そっと周りを見ている。まだ雰囲気に慣れなくて戸惑っているみたい。

いま周囲は賑《にぎ》わっている。部長連中も、だいぶ酔っぱらってる。今日は部を挙げての懇親会が、新宿《しんじゅく》の居酒屋で行われているのだ。

（お酒の席は、苦手なのかな……？　そんなところも、可愛いけれど）

わたしはさりげなく、悟くんの隣に陣取った。たぶん、迷惑には思われないはずだ。このために、さりげなくずっと、優しく接して来たのだもの。

まぁでも、もし悟くんの隣に若くて可愛い女子社員が寄っていくようなら、わたしは遠慮するつもりでいた。それくらいの配慮は持っている。何しろわたしは十歳も年上なんだもの。

「どう、飲んでる？」

「ええ、少し。みんな、すごいですね」

古い会社だから、体質も古いところがあって、飲み会が多い。そのせいか、男性社員は知らず知らずのうちに酒に強くなるようだ。女性も同じようなもので、全体的に酒豪が多い。食品会社に勤務するだけあって、飲食にはこだわりを持つものが多いということもあるのだろう。みんな飲み食いが大好きなのだ。

ちらりと悟くんの手元を見ると、握られているのはウィスキーのロックのグラスだ。だから悟くんもそこそこ飲むのかもしれないと思ったけれど、おずおずとした様子からもしかすると無理やりに先輩から勧められたのかもしれない。

「大丈夫？　具合が悪くなったりするといけないし、無理に飲まなくてもいいんだからね」

「ありがとうございます、泉《いずみ》さん。あ、気が利《き》かなくてすみません」

悟くんは少し慌てた様子で側にあったワインボトルを掴《つか》み、わたしの持っているグラスに白ワインをつぎ足してくれた。

「なんか、緊張してるみたいね」

「ええ……。こんなに女性が多い環境は初めてです。俺、ずっと男子校育ちなので」

楽し気に飲んでいる若い女子社員たちを眺めながらの、内気なセリフ。

(うわ、たまんない)

頼りなげな様子に、ますます萌《も》えてしまった。もう、ここしばらくずーっと、萌え萌えしてるけど。

わたしは悟くんのことを考えているだけで、頭の中がちょっとヤバいほうにいってしまうくらい、悟くんのことが好きなのだ。

(本当は同年代の可愛い女の子たちに近づきたいんだろうけど、そう簡単にそれができないのよね、きっと。いわゆる、草食系。でも女が嫌いってわけではなさそう。そのへんも、チェック済みだし)

職場ではひと月ほど、近くの席にいた。不自然にならない程度に、わざと用事を作っては悟くんに近づいた。さりげなく開襟《かいきん》シャツの間から胸を覗かせるようなことまでして。そのときの反応で、女性に興味があるかどうかを確かめたのだ。

(自慢のFカップだもんね。こういうときくらいしか、使えないけど。普段は邪魔なだけ……)

可愛い。可愛い。すっごく可愛い。悟くんは、わたしにとって、久しぶりのヒットだ。

こんな可愛い新入社員、去年もおとともしも全くいなかった。少なくとも、わたしの食指が動くような男の子は。

そんな悟くんは、実はけっこうエリートだ。

うちは老舗《しにせ》の食品メーカーなんだけど、研究開発本部に配属が決まっている。今は研修中なので、わたしのいる加工食品の商品開発部にも回ってきたというわけだ。

でも、それも、間もなく終わりで、悟くんは本社とは別の、千葉《ちば》にある研究所勤務のため、いなくなる予定なのだ。

(だから……。今夜が最後のチャンスなのよね……)

わたしは酔わないように慎重に、ゆっくりとワインを口に運びながら、悟くんをお持ち帰りするための作戦を決行に移すタイミングを見計らっていた。

宴がそろそろ終了するという雰囲気になった。周囲はガヤガヤとし、近い位置にいた人間がトイレに立った。人が減り、誰もわたしと悟くんに注目していないな、と思える一瞬があった。

こういうことはストレートにいかないとダメということもあるし、もし断られても、しばらくは会うこともないのだから思い切っていくしかない。わたしは声をかけた。

「ねえ、悟くん。良かったらわたしともう一軒行かない？」

「え？　泉さんと二人で、ですか？」

「そう。ダメかな？」

「いいですよ」

さりげなく行先が同じふりをして、集団を抜けることができた。

甲州《こうしゅう》街道に出た瞬間、わたしはさっさとタクシーを拾った。

「え？　これに乗るんですか？」

悟くんはちょっとびっくりしていた。悟くんは地方大学の出身だ。きっと東京は不案内だと思う。だったら、話を早くするためにもこのほうがいい。

（お金なんて、こういうときに使うものよ）

勤めて十二年になる。それなりの給料をもらっているし、有り余るほど、とは言わないけれど、無駄遣いが嫌いな性格だからお金は貯めている。

わたしは美人というわけでもないし、無趣味で地味な女、とたぶん会社では思われていると思うのだけれど、そんなわたしの本当の趣味は……気に入った男の子を食べちゃうことなのだ。

だってそれくらい、いいじゃない。わたしはちゃんと相手を選ぶ。好きと思えなかったらしない。でも、少しでも嫌がられそうだったらすぐに引く。迷惑だってかけない。

わたしは気に入った相手じゃないとできない。相手の気持ちはわりとどうだっていいのだけれど、何はともあれ自分は相手を好きじゃないと、つまらないのだ。

女で良かったと思う。男の人は大変だ。女が気に入った相手とセックスしてみたいと思ったとき、することはわりと簡単だが、男は難しいと思う。大概の女は好みの幅が狭いから、受け入れてくれることは少ないだろう。だって……。好きじゃない男とするエッチって本当に味気ないのだ。つまらないし、大して感じないし、そもそもイケない。イッたふりでお茶を濁すことになる。

女も、年を重ねるごとにグルメになっていく。なぜなら、何が美味しいかわかってしまうから。わからないうちは、美味しくないお菓子も『こんなもんだろう』と食べられる。でも、そのうち美味しいお菓子じゃなかったら、食べなくてもいい心境になるのだ。

好きな男の子とは触れ合っているだけで幸せだ。女性ホルモンがどばどば分泌《ぶんぴつ》される感じがする。身体《からだ》がリセットされる。

だから、これはわたしにとって、必要なことなのだ。

今夜、上手くいくといいな……。

「梅《うめ》が丘《おか》までお願いします」

運転手さんにそう告げたのを聞いていたはずだが、悟くんは何も言わなかった。多少酔っているらしく、隣で目をつぶっている。先輩の誘いだから、断っちゃいけないと思ったのかなあ。

わたしが住む梅が丘のマンションは、築十年ほどで新しくはないが、駅に近く、部屋も狭すぎないので気に入っている。この先一生独身かもしれないということを見越して去年購入した。

実はバツイチなのだ。たぶん結婚しない気がしたので決断した。住宅ローンは最長三十五年までしか借りられないから、定年まで仕事を続けながら繰り上げ返済をすることを考えてもギリギリの年齢だと思った。

恋愛と結婚って、なかなか一致しない、難しいものなのだと思う。でも、『プラティヤヤ』サンスクリット語でいう『縁』があれば……。いつかは再び結婚する日も来るのかもしれない、けど。

学生時代はぜんぜん真面目《まじめ》じゃなかったけれど、哲学科の出身だ。考えすぎた挙句にとんでもない方向に振れてしまいがちなのは、こういうことも関係あるのだろうか？

とにかくわたしの中では恋愛と、結婚と、出産がどうやらバラバラに位置しているようなのだ。


「降りて。着いたよ」

「あ、は、はい」

道は空いていたから、時間はそれほどかからなかった。

悟くんは、一体どこに到着したのかと思っているかもしれない。ここはわたしの自宅マンションの前で、繁華街ではないのだから。

二人でおりると、タクシーは行ってしまった。

「こっちだよ」

明るく誘導する。こういうときは、もうさっさと連れ込んじゃったほうがいい。余計なことは言わないことだ。

オートロックの扉を抜け、エレベーターに乗り込み、階数ボタンを押す。悟くんは黙っていた。声も出ない、という感じだ。

エレベーターを降りると静かな廊下を通り、部屋の前でカードキーを取り出す。当てると、カチリと音がした。わたしはドアを開けた。

「入って」

先に、悟くんを入れた。

「……お店じゃないんですね」

「違うよ。ここはわたしの家。いろいろ買ってあるから、飲み直そうよ」

「……はい」

戸惑っている様子ではあったが、悟くんは素直にわたしの指示に従った。

部屋に入ると荷物を置き、ジャケットを脱がせ、ハンガーにかけ、わたしは冷蔵庫から冷やしておいたおつまみ類を取り出した。

ちょっとしたオードブルやサラダだったが、無いよりはいいだろう。スパークリングワインのコルクを抜き、悟くんのグラスに注いだ。

狭めの2LDKだがひとりなら十分な大きさだ。

普段はけっこう散らかしているが、今日は隅々まできれいに掃除してある。悟くんを連れてくるつもりだったから。

いつもはひとりきりで食事している小さなダイニングテーブルに、二人で向かい合った。

ただそれだけだがわたしにとってはちょっとした非日常だ。ときめく相手だからこそ、こんなことが嬉しいのだ。

「美味しいです」

悟くんはわたしの料理に箸《はし》をつけ、礼儀正しくそう言った。どこまで酔っているものか……。ちょっと判断がつかないが、雰囲気は普段通りだった。

「そう？　口に合って良かった」

「あの……」

「なに？」

「どうして、俺をここに呼んだんですか？」

「どうしてって……」

わたしは飲みかけのグラスを置き、そっと右手を伸ばした。そして悟くんの左手を優しく上から包んだ。

悟くんは何も言わず、動かなかった。嫌なら手を引っ込めるだろう。わたしは恥ずかしさに顔を上げられなくなりながら、ようやく言った。

「こういうこと……だよ」

「こういうこと……」

「悟くんに、触れたかったの。ダメ？　わたし、悟くんのこといっぱい撫でたり触ったりしたいの……」

「ダメじゃないですけど……」

若くても男だ。頭の中ではいろんな欲望や考えがせめぎ合っているのに違いない。

まず第一に思うのは、同じ職場の女に手を出していいのかどうか、ってことじゃないだろうか。その不安を払拭《ふっしょく》してあげれば、たぶんもう一歩先に進めるだろうと思った。

「心配しなくてもいいよ。迷惑はかけないから」

「や、迷惑だなんて……」

「本当に、大丈夫。今日だけだよ。今夜だけ。だから、ダメかな」

「なんで今日だけなんですか？」

「だって悟くん、いなくなっちゃうでしょ。来週から千葉じゃない。だから、今日が最後かなと思って誘ったの」

「ああ、なるほど……」

「ね。いいよね？ わたし、悟くんのことずっと気になってて……」

「俺のどこが、良かったんですか？」

「可愛いところだよ。ずっと誘いたかったの。ふふ……ねえ、もう、おしゃべり、やめよ？」

わたしは小さなテーブル越しに、悟くんの目を見つめて、そっと唇にキスをした。

悟くんの顔が、一気に赤くなった。

悟くんはちょっと呆然《ぼうぜん》としていた。自分でも、どうしてこうなったのかわからないみたい。

わたしは手早く悟くんをシャワーに放り込み、キッチンの洗い物を済ませ、シャワーから出てきた悟くんを今度は寝室に入れてしまうと、自分もシャワーを浴びた。

寝室へ入ると、悟くんはバスタオルを巻いた姿のまま所在なげな様子でわたしのベッドに腰掛けていた。

ちょっと硬めの髪質に見える。直毛で、しゃれっ気がない。ファッション的なことには縁遠い感じで、今どきの男の子みたいな軽さもない。

それでも、若いだけあって肌は滑《なめ》らかでとてもきれいだった。目がかなり悪いらしくて、眼鏡はかけたままだった。

またこの眼鏡が、いかにも真面目そうな光沢のない銀縁眼鏡で、そこも好きなポイントだ。でも、今は、取ってもらわないと。

悟くんはわたしを見て、ちょっと不思議そうな顔をしていた。

わたしは部屋着に着替えた。中はシフォン素材の透けたスリップに、真新しいレースのショーツと、ブラジャーだ。

（ふふ。かわいそうな悟くん。あなたはね、これからわたしに嫌っていうほど犯されちゃうんだよぉ）

わたしは微笑《ほほえ》んで両手を差し出し、悟くんの眼鏡を外してベッド脇の小さなサイドチェストに置いた。悟くんは何もわかっていないみたい。そこがいいのだ。

間接照明の光線をさらに絞ってあるから、薄暗く、悟くんも次第に馴染んでくれている気がした。

わたしは隣に腰掛けた。ぴたりと体を寄せ、近づいて、まずはキスをした。何度も何度もゆっくり繰り返し、首に手を回して、次第に深く舌を差し込んでいく。悟くんはびっくりしている感じだったが、受け入れてくれた。

「んっ……んっ……」

そっとまとわりつくように身体に触れながら、何度も何度も唇や頬にキスをした。そして次に、耳を舐《な》めた。

耳輪にそっと舌を這わせたり、唇で挟んだり、最初はゆっくり、次第にレロレロ……。

凹凸を舐めまわしながら内側に辿《たど》り着くころには、悟くんの息が少し荒くなっているのを感じた。

「あっ……あぁ……」

「嫌?」

「嫌……じゃ、ないです……。気持ちいいです。ただ、耳の中に音が……響いて……」

「ふふ、いい音でしょ……?」

悟くんがハァハァし始めた。わたしは幸福感で気が遠くなりそうになった。

（やった！　感じてくれてる。これならきっと、いけるな……）

わたしは優しく話しかけた。

「あのね……お願いがあるの」

「なんですか？」

「わたし、今夜だけ悟くんのことを自由にしたいの。そのために、縛《しば》ったりしたいんだけど……。ダメかな？」

「え？　縛る？　縛るんですか？　俺を？」

「うん。大丈夫、痛いこととかは全然しないよ。むしろ、いっぱい気持ち良くしてあげるから」

わたしは悟くんの目を覗き込みながら言った。悟くんは困っている様子だったが、どうしても嫌だという感じでもなかった。

「お願い。いいよね……？」

わたしはそう言いながら、枕の下から、革製の拘束《こうそく》具を取り出した。

チェーンと革張りの手錠でできている、けっこう本格的なものだ。

実はベッドの端に、ちゃんとフックをかける場所があり、そこに繋《つな》げば女が男を拘束することが可能になる。とりあえず腕の自由を奪うことができれば、あとはこっちのものだ。

けれど、びっくりさせてはいけない。完全に縛ってしまうまでは。

わたしはそうっと悟くんの腕を取り、手首に革手錠を巻き付けた。その上で仰向《あおむ》けに寝かせ、片腕ずつ左右にわけて、チェーンをフックにかけた。

悟くんは何度かガチャガチャ動かした。思ったよりも本格的な拘束だったことに驚いていたのかもしれない。わたしは怯《おび》えさせないように悟くんの髪や顔を撫で、覆《おお》いかぶさり、さっきの続きをするためにさらに耳穴を舐めた。

「……どう？」

「気持ちいいです……でもなぜ、縛るんですか」

「それはね……わたしが変態だからだよ。誰にも言っちゃダメだからね？　……まぁでもたぶん、悟くんはとてもじゃないけれど、今夜のことは誰にも言えないと思うけどね……」

わたしはそう言いながら、悟くんの乳首の先をさらりと撫でた。

「はぁッ……」

悟くんは軽く声を漏らした。どうやら感じやすい体のようだ。わたしはベッドから手を伸ばせば届く位置にあるサイドチェストの引き出しからローターを取り出した。

ひとつのスイッチでふたつの球が動く仕組みになっている、乳首用のものだ。医療用のテープでそれらを乳首に貼り付け、スイッチを入れ、弱めに調節した。

「あ、あぁぁっ」

経験が乏しいからか、悟くんはチェーンをガチャガチャ言わせながら声をあげた。革手錠は、内側にクッションを施してあるので引っ張ってもさほど痛みはないはずだ。

(痕《あと》がついちゃったら、かわいそうだものね)

そう思いながら、わたしは冷たく伝えた。そろそろ本格的な責めに入らなくては。

「ここ、わたしの部屋だから、大きな声出しちゃだめだよぉ。大きな声を出す子には、お仕置きしちゃうんだからね？」

わたしは悟くんの目の前で部屋着を脱いだ。中はスケスケのスリップにレースのショーツとブラジャーだから、わりと刺激的な眺めのはずだ。

わたしはスリップをたくしあげ、ショーツを脱いだ。

そしてそれを、悟くんの口に突っ込み、上から拘束用の黒いガムテープを張った。

「むぅっ、んむっ」

悟くんが驚いた様子で抵抗したので、さらにもう一枚ガムテープを増やした。これは、剥《は》がすときに痛くないという優れものなのだ。

わたしは相手に苦痛を与えたいわけじゃないから、ちゃんと丁寧に器具を選んでいる。その上で、悟くんの足を折りたたみ、マジックテープ式の拘束具でM字になるよう巻き付けてやった。これも簡単なようで、わりと外しづらい。

「んうっ、ううっ」

悟くんはさすがに嫌がり始めた。このままどうなるのか、不安なのだろう。わたしはそんな悟くんの様子を楽しく上から眺めた。ついつい、笑顔になってしまう。

(気持ちいい……)

いつも、最初に脳が感じる。脳が感じて体に快感が降りてくる。脳が感じるからこそ身体も感じるのだ。普通のセックスじゃないときは、いつもこんな感じだ。男の子を支配して快楽を与える楽しさは、経験してみなければなかなかわからないだろう。わたしはかつての同級生に、女王様として調教されたのだった。まあでもそれは、別の話。

「目隠しもしちゃおうね？　大丈夫、怖くないよぉ」

アイマスクをとりつけると、悟くんは諦《あきら》めたような様子で、肩で息をしていた。

自分の部屋に連れ込む理由は、器具が揃っているからだ。そうじゃないと、男を拘束するのは難しい。普通のラブホなんかじゃ無理だ。わたしは別に武道をやっているわけでもない普通の女だから、男を拘束するにはちゃんとした道具が必要なのだった。

(それでも、本気で暴れられたら危ないものね。だからいちおう、同意じゃないと。そのために優しく、最初に確認するんだから)

「ねえ、暴れないで。大丈夫。すっごく気持ちよくしてあげるんだよ。だからわたしに任せて。今日は、一回だけじゃなくて、二回も三回もイカセてあげるからね……空っぽになるくらい、出してもらうよ?」

わたしは興奮で熱をもっている悟くんの頭を撫でながら言った。

「ふ、ふぐぅ」

「たっぷり、可愛がってあげるからね? 大好き、本当に本当に、可愛い……。わたし、好きじゃない男の子にこんなことしないよ? ずっと、目をつけてたんだから」

小さく優しい声で、わたしは悟くんの耳元で、大好き……と繰り返し囁《ささや》き続けた。

こんなに好きな男の子に、嫌な思いなんかさせたいわけがない。今夜ひと晩だけ、ゆっくりたっぷり、可愛がって、満足させてあげたい。ただそれだけなのだ。

(だから、もうちょっとちゃんと固定しなくちゃね。これじゃちょっと、中途半端だもの)

「んふっ、ううっ、むぅっ」

「大丈夫だよ、心配しないで？　ちょっと大人しくしててね」

抵抗しようとしている男の脚を拘束するのはとても難しい。悟くんは恥ずかしいのか足に触るとバタバタと暴れる。わたしはとにかく脚をM字に縛ったまま股を開かせたいので、膝裏に犬用のリードを二重に通し、ベッド下中央部あたりにあるフックにひっかけ、縛り付けた。これらのフック類は最初から『プレイ用』に取り付けてあるのだ。ここに連れ込んだのは悟くんが初めてじゃないので、何人もの男がここでみっともなく両脚を広げられたのである。

そんな風にしたあと、悟くんのお尻の下にクッションを入れた。すると腰が持ち上がる。これで悟くんは足を閉じられず、さらにお尻の穴まで丸見えのかなり恥ずかしい格好《かっこう》になった。

「ふふ、いい子ですねえ。可愛いよ、悟くん。あれ？　なんか、ここ……どんどん大きくなってきちゃったよ？　悟くん、思った通りマゾの素質があるんだねぇ」

わたしは半勃《はんだ》ちになったペニスを軽く指ではじいた。まだまだ、愛撫してなんかやらない。

サイドチェストの引き出しから、ローションとアナルバイブを取り出した。初心者用の小さいものだが、ここでこれを使われて天国に登った男は、ひとりやふたりではない。だからこのバイブは歴戦の勇士だ。

悟くんはアイマスクのせいで、見えないだろうけど。きっと、これが見えたら震えあがって抵抗しそうだ。そんな様子も見てみたい気がするけど。

わたしは悟くんのモノを右手で握り、先っぽを指先で撫でて確かめた。

「まだちゃんと硬くなってないのに、もう汁が出てヌルヌルしてるよ？　こんな恥ずかしい格好にされて、期待しちゃってるのかなぁ？　じゃ、ご期待通り、いろいろやってあげるね」

わたしはローションを手のひらに出し、少し温めてから悟くんのお尻の穴にぬりぬりした。

それで悟くんは、自分のお尻の穴が危ない、ということにやっと気が付いたらしい。こんな格好で縛られたなら、想像がつきそうなものだ。

「ううっ、んふぅっ」

意外な場所への急な刺激に、悟くんは嫌がるように下半身をくねらせた。わたしは構わず、まずは指先を入れてみた。人差指の、第一関節くらいまで。そのままゆっくり何度も抜き差しする。

「うっ、うっ」

「こら。悟くん、力入れちゃだめだよぉ。はい、力抜いて。そー、上手。じゃ、もう少し奥まで入れちゃうからねぇ？」

ローションを塗ってあるけれど、初めてらしくかなり締まりが強い。これは処女だな、と思ったら余計に興奮してきた。

そのまま第二関節くらいまで入れて、広げるように上下左右に動かす。アナルバイブは拡張用で細めだが、指よりは太いので、まずは指で広がらなければ入れるのは無理だ。

悟くんはしばらく身悶《みもだ》えしていたが、観念したのか、次第にうまく力を抜くようになってくれた。

「よーし、上手になってきたねえ。じゃ、別のモノ入れるね。大丈夫、痛くないようにしてあげるから」

お尻の穴の周りを撫で回しながら指入れを終了し、次にローションをたっぷりつけたアナルバイブをゆっくりゆっくり、挿入した。

悟くんは腕を自由にしたかったのかガチャガチャ音を立てて抵抗した。ふーっとかぐーっとか、少し大きな声も出した。

「ちょっとっ。大きな声出さないでって言ってるでしょぉ？　悪い子はお仕置きだよっ。ここ、買ったマンションなんだからね」

傍から見たらこれはすでにお仕置きされている状態だと思うが、わたしがそう言うと悟くんは少し静かになった。抵抗していたわりには、さっきよりさらに陰茎が硬くなり屹立《きつりつ》している。見ると、先っぽが汁でぬらぬらしている。どうやらかなりのマゾだと思ったのは、当たっていたらしい。

「こんなカチカチになってるくせに、嫌とか言わせないよ？　抜いて欲しいんだろうけど、まだまだだからね」

乳首を撫でると、肛門からの刺激と相まって感じてしまうらしく、悟くんはとうとう女のように身を捩《よじ》りながら喘《あえ》ぎだした。

「ふ、んふ、あふぅ、くぅぅ」

「ふふっ、可愛い……」

ぎゅるっと、わたしの中で熱いものが動いた。相手を責めるためには、興奮しながらも適度な冷静さを保つことが重要だが、相手をその気にさせたところで自分の欲望も爆発させたくなる。

（もう、入れちゃいたいけど……）

まだ、ダメだ。だって今乗っかってしまったら、たぶん悟くんはすぐにイってしまう。それじゃ面白くない。

わたしはアナルバイブを抜き、悟くんの脚の拘束を解くと、今度はベッドに大の字になるように足首にベルトを嵌《は》め直して、拘束具用のフックに少しゆるめに縛り付けた。

悟くんは荒い息を吐いてされるままになっていた。

その上で、わたしはさらに別な道具を取り出した。

革製の、開口《かいこう》マスク。口に当たるところがリング状になっていて、これを嵌めると口を閉じられず、開きっぱなしになるのだ。もちろん、しゃべったりもできない。

目隠しはしてあるから、悟くんはわたしが何をしようとしているかわからないはずだ。

わたしはそんな悟くんの口に貼ったテープを剥がし、詰め込んだショーツを取り出した。

次に、すぐにはしゃべれる様子のない悟くんの腕の拘束を解いてやり、上半身を起こさせた。足は緩《ゆる》めに拘束してあるので、不自由だが、起きられないことはない。

「お水、飲む？」

「はい……」

ペットボトルを渡すと、素直に飲んだ。いちおう、確認する。女王様はいろいろと大変なのだ。

「どう？　嫌だった？」

「いえ。そんなことは……」

「嫌じゃないのね。それなら良かった」

わたしは、今度は悟くんの腰に拘束用のベルトを取り付け、両腕を下ろさせ、両脇部分にピタリと当たる感じで、腕に取り付けた拘束具を腰のベルトに繋ぐ形で固定した。

この道具は繋ぎ方によっていろんな形で固定できるようになっているのだ。これで悟くんはさっきとは逆に、腕を上げることができなくなった。足は緩く大の字に拘束されていうので、寝かせれば、いわば『人の字』での拘束になる。

その上で、わたしは悟くんの背後に回り、そっと囁いた。

「口開けて」

「え？　泉さん、一体何を……」

言いかける口にリングを押し込む。抵抗する悟くんの頭の後ろで、ベルトを止めた。

「ほら、暴れるからちょっときつめになっちゃったじゃん。大丈夫？」

「あぐぅっ、あが……ぁ」

悟くんは嵌められている途中で、これがどんなものか気が付いたらしい。口が閉じられなくなるなんて、かなりの拘束感だろう。

これはさすがに嫌だったらしく、身悶えしていた。

わたしはそんな悟くんを再び仰向けにした。そして、片足ずつさっきよりピンとなるように、足を大の字に拘束し直した。フックを頑丈なものにしているので、暴れても外れたりはしない。気の毒だけど。

「どう？　すごぉく、恥ずかしい格好だよ。でもね、諦めて、今夜はわたしの奴隷になってね。大好き……。ごめんね、わたしも興奮してきちゃったの。だから……開口ギャグ、つけてもらったんだぁ。ふふ、何すると思う？」

わたしは一切抵抗できない状態の悟くんの上に、足を広げて四つん這いになった。

ショーツは穿《は》いていないからもし目隠しをしていなかったらいい眺めだろうが、それは許していない。

そのまま顔の上に身体を移動させ、すでにぬかるんだヴァギナを、まずは悟くんの鼻先にびっちょりと押し付けた。

「あンっ……」

それだけで、体の奥にまで深い快感が響く。

夢中になり、わたしはスリスリと悟くんの顔にヴァギナを擦りつけた。それが何か、悟くんも気が付いた様子だ。濡れて、ぐにゃぐにゃしていて、気持ち悪いもの……。そんな粘々《ねばねば》したものを、鼻先に押し付ける快感。息苦しいのか、ガチャガチャと拘束具を動かし抵抗する様子も好ましい。

「ん……ああ……。はうぅ……。ねえ、暴れちゃ、だめでしょぉ……変態のマゾ男のくせに。ま、わたしも変態なんだけど……」

自然に、だらしない、甘い声になってしまう。

大好きな男の顔にヴァギナを押し付ける……悟くんを好きだと思った日から、ずっとこうしたかった。嫌がる悟くんはきっとすごく可愛いだろうなと思っていた。

抵抗し悶える悟くんを心ゆくまで犯したい……。それが望みだった。叶ってる。うれしい。

思い通りになった。次第に奥まで熱くなって、子宮が下がってくるのがわかる。わたしは抵抗する悟くんの顔を両手で押さえ、完全に顔の上に跨《また》がった状態でさらにヴァギナを押し付けた。

「ウあがっ、あがぁ、あぁぁぁ」

鼻先に肉の塊《かたまり》を押し付けられたら堪ったものではないだろう。まずは呼吸が苦しいはずだ。わたしは押し付けたり、腰をあげたりしながらも、悟くんが窒息で死なないように、そして自分が気持ちいいように調節した。冷静なつもりでも、段々そうはいかなくなる。女王様だって興奮してしまう。

でもこれはわたしがちゃんとした女王様じゃないからかもしれない。

「ほら。舌、出してちゃんと舐めてよぉ……そうじゃないと、また鼻塞《ふさ》いじゃうよ？」

息苦しいのが嫌なのか、舐めたいのか……もうそんなことはわたしにはどうでもよくて、悟くんが必死に舌を動かすところにクリトリスを押し当てた。

「あ、あぁぁ……」

熱い舌先がクリトリスを舐める。時々外れると、わたしは腹立ちで悟くんの短い髪を引っ張り、さらに股間を押し付けた。

「ちゃんと、舐めてよ」

「はぁぁが、あがぁ」

情けない声を発しながらも、悟くんはわたしのヴァギナに必死に舌を這わせる。襞、周囲、舌の届く範囲で、なるべく奥まで。わたしは自分の指先で襞を広げ、できるだけ深くなめさせた。とめどなく蜜が溢《あふ》れ、悟くんの顔はどんどんベトベトになっていった。

「はぁ、あ、あぁぁ……。いいっ、すごく……」

もっと深く、もっと強く。

「ほらっ、サボっちゃダメ。ちゃんと舐めないと、鼻塞いじゃうよ」

「はぁがっ」

不自由な状態で舌を動かすのはつらいに違いない。そうさせているのが楽しい。

悟くんの上にしゃがんだ格好で、舌先にクリトリスを押し付けながら、わたしはブルっと身体を震わせて、達してしまった。

でも……。

こんなんじゃ足りない。それに、悟くんに、最高に気持ち良くなってもらいたい。

こんなことをされているにも関わらず、悟くんのあそこはビンビンなのだ。そんな様子を見ているだけで興奮して、いじめまくりたくなってしまう。

「ふふ、イッたときに出たトロトロの蜜で、顔がぬらぬらしてるよ。すごくいい眺めだねえ。おまけに、こんなに立たせて、恥ずかしくはないのぉ……？」

悟くんは肩で息をしている。もう抵抗する気力もなくしているらしい。それならそれでいい。

「じゃあ、悟くんがイクところも見せてもらおうかなぁ……大人しくするんだよ？」

わたしは悟くんの開かせた両脚の間に入って、ペタンと座った。そして、勃起《ぼっき》してるペニスにそっと、頬を寄せた。

(うれしい……)

しみじみ、嬉しかった。

狙っていた可愛い男の子と、こうやって、二人きりでいる……。やってることは変態かもしれないけど……とにかく嬉しい。好きな男の子とじゃないと、こういうことはしたくないのだから……。

かぷっ、とペニスを咥《くわ》えた。そのままゆっくり、先っぽの周りをなぞるように舌で舐め、先端の割れている部分にも軽く舌を差し込む。

かなり我慢汁を出してしまっていたようで、生臭い味がした。ねっとりと舌を回しながら左手で根元を握り、軽くしごきながら舐め続けた。

「んぁっ、はぐぁ」

悟くんが身を捩りながら喘ぎ始めた。ときどき、感じすぎてしまうのか上半身が上がってくる。拘束のせいで姿勢を保つことができず、再び倒れていくのだが。

「美味しい……大好き……もっともっと、気持ち良くしてあげるからねぇ……」

時折小さな声で語りかけながら、わたしは優しく優しく、舐める。右手で袋を揉みながら、唇は次第に根元までスライドし、飲み込むように唇と舌で擦り上げた。

左手がいらなくなったので、わたしの唾液と我慢汁でローションなどなくてもヌルヌルになってしまったお尻の穴に左手の中指を差し込み、前側に指を立てて何度も突いてあげると、悟くんの喘ぎはますます大きくなった。

「あぐぅあぁっ、あぐぅっ」

次の瞬間、悟くんの腰がびくびくと跳ね上がり、口の中に温かい精液が、溢れるほどに放出された。わたしはそれを吸い上げるように飲み干してあげた。ちょっと口の端から、漏れてしまったけれど。

「ねえ、気持ち良かったぁ？」

ぐったりしている悟くんに語りかける。悟くんはうなずいた。

「良かった。うれしい。悟くん、大好きだよ……」

わたしは悟くんの目隠しと開口ギャグを外してあげた。

「よく我慢したねえ。偉いよ」

わたしはスリップを脱ぎ、ブラジャーを外した。ポロンと、白くて大きな胸が零《こぼ》れ落ちる。

年齢と共に少し垂れ気味になっているのが残念だけど、仕方ない。

悟くんはじっと、わたしの胸に視線を注いでいた。せっかくなので移動して、おっぱいで顔を挟んであげた。

「あ……もう……腕とか脚とか、解いてください。俺も泉さんに触りたい」

「いいよ」

わたしは悟くんを縛り上げていたすべての拘束を解いた。悟くんがわたしを抱きかかえるように、側に寄せる。

「もう、悟くん、好きすぎるよ……」

悟くんに太腿《ふともも》を絡《から》めながら甘えると、再び勃起してきたのがわかった。

「すごい。悟くん、また大きくなってきちゃったよ?」

「だって、泉さんがそんな格好で甘えてくるから……」

「もう、ほんとに、大好き……」

わたしは悟くんに跨り、濡れそぼっている中心に、硬くなっている悟くんのペニスを当て、そのまま腰を落として沈み込んだ。

「あぁぁっ……」

わたしの動きに合わせて、悟くんも突き上げてくる。二人とも夢中だった。

「ど……お……すれば……いい……ですか。俺……実は初めてなんです……」

息も絶え絶えに、悟くんが言う。

「大丈夫、思い切り、いっぱい、突いて……。それが気持ちいいの、女は……」

ずちゅっ、ずちゅっと、秘部が擦れ合う音が響いた。頭の後ろが重くなる。口の端から涎《よだれ》が垂れた。気持ちいい。擦られ、えぐられ、突かれ……。

「あぁんっ、……俺、もう、限界です……イクっ……」

「ん？　まだ、ダメだよ」

終わっちゃうなんて早すぎる。

（勝手なことされたら、困っちゃうよ）

わたしは腰を上げ抜いてしまい、悟くんのペニスの根元をぎゅっと掴《つか》んだ。

「はぅぅっ、あぁっ……」

不意打ちだったからか、悟くんは切なげな声をあげた。強く掴んだから痛みもあるだろう。ついでに袋を下に引っ張ってあげた。意地悪かなあ、と思ったけれど。

「もうちょっと、がんばろうよ。やっぱり悟くん、初めてだったんだね。うれしいな。わたしが悟くんの初めての人になるんだね。一生の記念に残る、楽しい初エッチにしよう。じゃあ、もう一度入れるよ……」

根元を押さえながらもう一度腰を落とす。怒張したペニスが膣壁をかきわけ、広げられる感覚が気持ちいい。

「泉さん……あぁ……気持ちいいです……」

最後まで腰を落とし、上下に動く。悟くんのペニスは、実はわりと立派だ。きっとこれから先、恋人ができたら、喜んでもらえるのではないだろうか。ぜひがんばって欲しい。

わたしも次第に夢中になった。奥がぎゅううっと降りてきて切ない。

「わたしも……気持ちいい。あ、あ、あんっ、んっ、あ……」

「はぁっ、あ、あぁ……。俺、本当に、も、もうダメです……」

「うん。いいよ。いっぱい、出してぇ……」

「あぁぁっ……」

引き寄せられ、ぎゅっと抱き合う形で、悟くんがわたしの中に放出した。その瞬間、わたしは悟くんにキスをした。

どくんどくん、体の奥で、子宮の近くで、悟くんのペニスが震えている。

「最後まで、いっぱい、出すんだよ……？」

「泉さん……」

　わたしたちはそのまましばらく、じっとしていた。

　終わるとスッキリ、充電完了の気分になった。恋を昇華させたことによる、とても深い、満足感。身体のすみずみまで、女が戻ってきた、そんな気がした。

　ちなみにわたしは、ピルを飲んでいる。だから妊娠の心配はない。

　先にシャワーを浴び、悟くんにも浴びさせて、服を着せ、荷物を持たせた。タクシーは、悟くんがシャワーを浴びている間に呼んだ。

　悟くんは泊まるつもりだったのか、面食らっている。

「あの、泉さん……？」

「ほらっ、急いで！　もうタクシー来ちゃってるよ」

　タクシーは、部屋を出てマンションのオートロックのドアを抜けた目の前に停まっていた。いつもここに呼ぶのだ。

「今日はありがとう。研究所でもがんばってね！　楽しかったよ」

　タクシーに乗せながら言うと、悟くんは戸惑っているような様子だった。

（何しろ、童貞だったんだもんな。ちゃんと言っておかなきゃダメかな）

　ふとそう思い、わたしは運転手に聞こえないように、悟くんの耳元で簡単に説明した。

「最初に言ったけど、これは一回だけのことだから心配しないでね。あと、万が一のために今回の一部始終は動画に撮ってあるから、このことを他人にばらしたりはけしてしないこと。あんな情けない格好で女に犯されてるところ、人に見られたくはないでしょう？　恥をかくのは、悟くんだよ」

「え？　そんな……」

「そういうことだからね。じゃ！」

わたしがタクシーから離れると、タイミングよくドアが閉まった。

わたしはにこにこと手を振って、悟くんを見送った。

同級生

S女にとって、最初のマゾ奴隷というのは、案外忘れられないものだ。なぜなら、S女は生まれながらにして女王様なのではなく、奴隷の存在によって女王様となるのだから。


午後十時頃、渋谷《しぶや》のバーで。

わたしはフランスの有名ブランドの名前が書かれた紙袋を開いた。中身は華美ではない、仕事で使える大きさの濃いグレーの革バッグだった。

いかにも、というチャラチャラしたラインのものではなく、長く使えるきちんとした品物を選んでくれたのだと思う。雅也《まさや》は昔からセンスのいい、気の利く男だ。

大学の同級生で、海外の政府機関で働く役人。だから日本を離れていることが多い。妻と幼い娘がいる。現在、両親と住むための二世帯住宅を横浜《よこはま》に建設中だそうだ。押しも押されもせぬ堅実な男と言える。

「こんな素敵なお土産《みやげ》もらっちゃって、いいのかな。ありがとう、大事に使うね」

「いや、ほんの気持ち。帰国したら会ってくれるって言うから、うれしくなっちゃって」

「なんで？　連絡をくれたら、わたしはいつだって会うのに」

そう言うと、雅也は少し困ったような顔になった。そんな表情も可愛い。

わたしは雅也のことを気に入っている。昔から、今も、ずうっと。

「俺だって会いたかったけれど……。なかなか決心がつかなくて」

渋谷のバーといえば若者が多く騒がしい印象だが、ここは渋谷でも老舗《しにせ》の落ち着いた大人のバーだ。

雅也に会うのは久しぶりだ。最後に会ったのは五年くらい前になるはず。

「前回会ったときは、雅也、まだ結婚してなかったよね」

「そうだったかな」

「そうだよ。だって神谷《かみや》先生のお葬式の時だもの」

「そっか。そうだよな」

「結婚するって聞いたときは、いきなりだったからちょっと驚いたんだよね」

「ごめん、出来ちゃった結婚だったから。そうじゃなかったら……」

「わたしに無断で、勝手に子供なんか作っちゃって。……なんて、冗談よ。わたしだって勝手に結婚したものね。大失敗で、もう別れちゃったけど。でも、子供がいたらきっと別れていなかったと思う……。娘さん、可愛いでしょう？」

「うん、それはもう」

少し、沈黙が流れた。雅也の考えていることは大体伝わってきたが、わたしは一応尋ねた。

「どうする？　もう一杯、飲む？」

「うーん……」

「じゃ、そろそろ出ようか」

わたしがそう言うと、雅也は一瞬戸惑ったような様子を見せたが、結局、肯《うなず》いた。


バーを出ると涼しい風が吹いていた。

昼間は気温が上がったが、夜になるとさすがに暑くはない。

桜が散り、梅雨になる前の、新緑の季節。

わたしの住むマンションの側には大きな公園があるので、休日はそこで過ごすことも多い。

(五月って好きだなあ)

五月病になる人の気持ちは、きっとわたしには一生わからない。

渋谷の雑踏の中、はぐれないように雅也の手を握ると、緊張しているのかちょっと汗ばんでいた。

なんだかちょっとおかしくて、笑ってしまう。雅也はきっと、期待と不安。わたしは期待と高揚感。雅也と会うことが決まってからは、それこそ指折り数えてこの日を待っていた。

(思い出すなぁ。学生時代……。あの、最初の日のこと……)

身長低めで細身の雅也はわたしからすれば好みの見た目だったが、地味な顔立ちで大人しい性格で、けしてモテるタイプとは言えなかった。

あまりの大人しさにわたしも最初は存在に気が付かなかったほど。大学二年の時に音楽美学の教室で出会っていなかったら、きっと会話をすることもなく終わっていただろう。

音楽美学の授業は、人が少なかった。

別の大学を定年で退官して来た神谷先生という白髪のおじいちゃんが受け持ちで、

全く授業に出なくても単位をくれると評判だったのだ。

登録者は多かったらしいが教室は閑散としていた。そんな授業に真面目《まじめ》に出ていたのはわたしと雅也くらいのもので、それで自然に友達になった。音楽が好きだということも共通していた。一緒に演奏会に行ったり、雅也が昔ヴァイオリンを習っていたというので、わたしがピアノで伴奏してアンサンブルを楽しんだりしたこともあった。

授業は、神谷先生が名盤と呼ばれる古い録音を持ってきて、それらを聞きながらゆっくり行われた。

ある日の帰りがけ、わたしたち二人は先生に食事に誘われた。

せっかくなので素直について行き、一次会は品のいい割烹《かっぽう》で、そのあと先生の自宅に呼ばれ、二次会が行われた。今では考えられないが、昔はそういうところ、けっこう緩《ゆる》かったのだ。

先生は数年前に奥様が亡くなられ、ひとり暮らしだということだった。どうやら十歳近く年上だったようだ。

掃除は家政婦さんにお願いしているとのことで、隅々まできれいではあったけれど、すべての部屋に無造作に本が積み上がっているだけで、まるで生活感が無かった。

大学の先生というのはこういう、図書館みたいなところに住んでいるんだなあと思った。

リビングは昔風に洋間、と呼びたくなるような、重厚なシノワズリ風のインテリアで、先生がどこからか運んできてくれた酒器も東洋風の不思議な雰囲気のものだった。

『素敵ですね』

『これはタイの王族が使うものなんですよ。中身はワインですけどね。どうぞ』

先生はとても品が良く、優しい声で話す人だった。

出していただいたワインは悪魔的に美味しかった。飲んでいるうちにいつしか酔いが回り、話が少し変な方向に行くのも気にならなかった。

『横山《よこやま》さんはすごく素敵な女性だと思うよ。実はね、僕の亡くなった妻に似ているんだ。顔かたちが、っていうわけじゃなくて、性格、というか、たぶん、性質がね……似ていると思う。でもまだ、そのことにちゃんと気が付いていないね。それは、もったいないことだと思うんだよ。僕がもう少し若かったら、存分に導いてあげられるのになあ……。亡き妻に申し訳ないから、今はもう無理だけれどね……』

先生はわたしに向かってそう言ったかと思うと、今度は雅也に、

『なあ、大橋《おおはし》くんもそう思うだろう。そう思うから、君はいつも横山さんのことばかり見つめているんだろう？　横山さんには才能がある。そして君にも才能があるんだ

よ。才能というか、抑えきれない性癖がね。隠したってわかるんだ、僕には。一生は短いよ。早めに花開かせておいたほうがいい』

と、からかうように言った。

雅也がそのとき、困ったように赤くなって俯《うつむ》いたのを覚えている。

しばらくすると先生はわたしたち二人に、

『今日ここへ呼んだのは、久しぶりに若い人たちを応援したくなったからなんだ。……僕はもう眠くなってきたから、二階の寝室へ行くよ。君たちはここと隣の部屋を使って、泊まって行きなさい。……部屋に置いてあるものは、何でも自由に使って良いからね』

そう言って、いなくなってしまった。

終電の時間は過ぎていたから、わたしたちは先生の言葉に甘えて泊まって行くことにした。

『隣の部屋も使っていいって、言ったよね』

わたしは少し重いドアを開けた。リビングと同じように重厚な雰囲気の部屋。ただ、……そこには見慣れないものが鎮座していた。それが何なのかわからないまま興味を惹《ひ》かれた。不思議な、特殊な、大きな椅子《いす》に見えた。

「えっ……何これ。もしかして電気椅子？」

わたしはまるで、死刑台のようだと思ったのだ。

「いや。違うよ」

雅也にはそれが何か、わかっていた。

そして――。


「ここについてきたってことは、決心がついたってことよね？　こうなることはわかってたんでしょ？」

「んっ、ふぉっ、うぐぉっ」

太腿《ふともも》を鞭《むち》で軽く引っ叩いてやると、雅也は猿轡《さるぐつわ》の下で呻《うめ》き声を上げた。

自宅マンションのプレイルーム。普段はカバーをかけてわからなくしているプレイ用の拘束《こうそく》椅子は、神谷先生がまだお元気な時に、ぜひ譲りたいと言われ頂いたものだ。あの日、先生の家で初めて見た時には、まさかわたしが引き取ることになるなんて想像もしなかったけれど……。

この拘束椅子はリクライニングできるし高さも自由に調節できる、ドイツ製の高級品で、椅子表面は本革張り。色は黒ですっきりと品のいいデザインだ。

ベルトで両手両足、腰部など簡単に拘束でき、外れたりしない。一度括《くく》りつけられてしまえば自力で逃げることは不可能。

脚部は拘束したあとに開き具合や角度を変えることができるので便利だ。アーム部分も、倒して開けば座面を広くすることができる。まるで合体ロボのように自由自在になる、優れものなのだ。

雅也はその椅子に、わたしの手によって拘束された。両腕は椅子の背もたれに取り付けられているベルトで固定され、両脚も同じようにベルトで拘束し、調教しやすいように広げさせてある。

もちろん脚部も、脚を降ろさせることも可能だし、フットレストを上げた状態での固定も可能だ。フットレストは真ん中から広げられるようになっており、陰部や肛門の部分が空くようになっているので、自在に調教できる。暴れた時にずり落ちないよう、腰部などもベルトで拘束した。

わたしは、今度は優しく雅也の太腿の内側を撫で回しながら語りかけた。

「初めてのとき、覚えてる？　懐かしいよね。神谷先生の家で、扉を開けたらこの椅子が真正面にあって。側に置いてあった、神谷先生が奥様から調教を受けている写真やビデオを二人で見て、びっくりして。そうしたら、雅也が俺にも同じことをして欲しいって言い出して。この椅子に拘束して……。二人で試行錯誤しながらがんばったよね。ほんと、めちゃめちゃ楽しかった。あれから、何度もプレイしたよね。雅也のおかげで、やり方を覚えたよ。S女っていうのは、マゾ男に育てられるものなんだねえ。ふふ……。今夜は嫌ってほど、可愛がってあげる。覚悟はいい？」

「んふぅっ……んぅっ」

鼻息が荒い。それは当たり前で、ボールギャグを嵌《は》めさせた上、夜間なので声漏れがないようにその上から黒い拘束テープを二重に貼ってあるのだ。そしてついでに、鼻のところだけをあけて拘束テープで目隠し代わりに目も塞《ふさ》いでしまった。

上半身はまだワイシャツにネクタイをつけたままで、下半身はボクサーパンツに靴下のみ。そんな惨《みじ》めな姿を眺めるだけで、ちょっと興奮してくる。

（どんな風に料理しようかな？）

どっちにしても最後は食べてしまうのだが、過程を楽しまなくては意味がない。

「うちには調教部屋があるってわかっているのに、のこのこついて来たんだものね。色んな道具を使ってイジメられたいんでしょう？　さて、まずはどうしようかなぁ……。そうだ、貞操帯つけちゃおうか」

「んっ、ふうっ」

額に汗が少し浮いている。きっと今は窓を開けるだけで涼しいはずなのだが、そういうわけにもいかず、エアコンをつけている。だから部屋は一応涼しいけれど、どうやらすでに感じ始めているらしい雅也にしてみれば暑いのだろう。

ボクサーパンツの上からさらっとペニスを撫でると、すでにカチカチに硬くなっていた。

「何なのもう、雅也は本当に変態野郎だねえ。カチカチになるの早すぎ。こんなんじゃ貞操帯、つけられないじゃん。どうすんのこれ？　じゃ、かわいそうだけど、すぐにイケないようにしちゃおうかなぁ」

「ぐふうッ……」

わたしはお気に入りの、マホガニー製の猫足ミニテーブルの上に道具をセットしていた。貞操帯もいくつか並べていたのだが、片づけることにする。普段は、海外旅行用の大きなトランクの中にすべての調教道具が仕舞ってあるのだ。今日はそれを、床に広げているけれど。

あまり知られていないが、男性用の貞操帯というのもこの世にはちゃんと存在しているのである。主にマゾ男を調教する際に鍵付きの貞操帯をつけさせて射精管理をするために使われる。これらはペニスが柔らかいうちじゃないとつけにくい。どうやら雅也はかなり溜まっている気がするので、それならば限界まで我慢させて楽しむのが良さそうだなと思った。

「ほんと雅也はなってないね。女王様のところに来るときは、一度くらいオナニーして出してくるのが礼儀ってもんでしょ？　それとも、今日は我慢に我慢を重ねるプレイがしたいってことなのかなぁ？　なら、お望みどおりにしてあげようか」

わたしはハサミを持ってきて、ボクサーパンツを切って脱がせてしまった。

ミニテーブルからローションのボトルを持ち上げ、蓋《ふた》を開けて手指にトロトロと流す。その手で軽く雅也のペニスの上から下までローションを馴染ませるようにしごいてから、裏筋のところを人差指でくすぐるように撫でた。

「んふぅっ、ふーっ、んんん」

気持いいのか、雅也は呻《うめ》きながら両脚をガタガタと動かした。このまま裏筋をしごいたらすぐにイってしまうだろうけど、そうはさせない。わたしは細い黒の綿ロープを取り出し、ペニスの根元をぐるんとひと巻き、そして袋の下を通すようにしてさらにひと巻き。

その紐でさらに袋部分だけをひと巻き。最後にもう一度ペニスの根元をひと巻きすると、雅也は見えないながらも自分が何をされたのかわかったらしく、情けないくぐもった声を発しながらもじもじと腰を浮かすように動かした。

「これですぐにはイケなくなったかな。我慢できない子はこうしておかないとねえ」

ローションが零《こぼ》れるので、椅子の下にはビニールシートとバスタオルが敷いてある。さらにローションを垂らし、根元を縛《しば》ったペニスを指で撫でたり、カリ首のところを軽く握ってこすったりしてやると、雅也は身悶《みもだ》えしながら閉じることのできない太腿を必死に上下させていた。

「んうぅ、んうぅっ」

「興奮しすぎだよぉ。まだそんな触ってないよ？　これからもっとすごいことする予定なのに、これじゃもっと強く、おちんちんの根本を縛んなきゃだめかなぁ？」

ぎゅっぎゅっと強めにしごきながらそう言うと、雅也は頭を振って声をあげた。きっとすでに出したくてたまらないのだろう。

「んふぉっ、んぁうーっ」

「ちょっと、大きな声出し過ぎだよ？」

何しろ自宅である。女の声より響かないかもしれないが、男の喘《あえ》ぎ声もけっこうヤバい。全頭マスクを出した。SMプレイ用のもので、目も口も塞がっており、鼻のところだけが開いている。これを頭から被せれば、さらに声が漏れにくくなるはずだ。

わたしがごそごそと何かを取り出したのはわかるだろうが、雅也にはそれが何かということはわからないので、一応教えてあげる。

「うるさいから、頭から首まですっぽり、マスク被せるよ」

「んふぅ……う、ぅぅぅ」

雅也は力なく頭を振ったが、マゾ男はS女に運命を握られているのだ。何をされても諦《あきら》めてもらうしかない。

頭からズリズリとマスクをかぶせる。いちおうそこまでピタッとはしていないが首のところにベルトがあり、首輪のように締まるので、さらに拘束感は増しただろう。

「いいね、似合ってるよ。ふふ、こうなったらもう、家畜として扱ってあげる。うれしいでしょ？」

わたしはもうひとつ、グッズを手に取った。

「せっかく家畜になるんだから、鼻フックもつけなきゃね？　雅也は家畜豚になるんだよ。写真も動画もいーっぱい撮ってあげる。豚としての最高の姿をちゃんと記録しておかなきゃね」

雅也は鼻フックをセットされるとき嫌そうに頭を振った。ペニスは張り詰めた感じで勃起《ぼっき》している。これが大きくてなかなか立派なのだ。

「まったく。豚のくせにチンコでかくしてるんじゃねーよ」

嘲笑《あざわら》うように言い放ち、軽く二、三回ペニスを平手打ちしてやった。雅也が呻き声を上げるが、さっきよりはボリュームダウンしている。かなり息苦しいはずだ。さらに、

「いいネクタイ、してるね。奥さんからのプレゼント？」

そう言いながら、ネクタイを引っ張ってやると、コクコクと頷いた。素直なやつだ。

少し腹が立った。雅也が結婚してしまったせいで、家畜奴隷を自宅で飼育する夢が途絶えてしまったというのに、調教を受けるという日に嫁からのプレゼントのネクタイなど締めてくるなど言語道断だ。

（イジメまくってやる！）

改めて決意を固めた。わたしは嫌いな男を調教することができない。雅也のことだって、本当はけっこう好きだったのだ。

リモコンタイプのミニローターを取り出し、医療用の紙テープでペニスの左側に貼り付け、弱めに作動させる。裏筋に貼り付けたらすぐにイってしまうかもしれないので、わざと急所を外して焦《じ》らすのだ。

「ん……んぅ……うぅぅ」

拘束椅子をギシギシ言わせながら、雅也は腰を浮かそうとしたり太腿や足首のベルトを緩《ゆる》めようとしたり、身悶えしている。全頭マスクに鼻フック、さらに勃起したペニスにローターを張り付けられ、そろそろ頭が真っ白になりかけているのだろう。射精は禁じられているし根元を縛られている。

イクにイケない状態の奴隷を放置し、様子を眺めるのは最高に楽しい。わたしは冷蔵庫からビールを取ってきて飲み始めた。

「ふふっ、美味しい。今ね、ビール飲んでるの。喉が渇いちゃったんだもーん。ひと休みしたら続きしてあげるから、雅也はそのまましばらく我慢ね。出しちゃったら承知しないよ！」

ワイシャツの上から乳首をスリスリとしてやり、そう耳元で言ってあげると、雅也は、

「ひぐぅっ、ふごぉっ」

悲鳴のような声を上げバタバタと暴れた。その様子も楽しい。乳首も感じるのがわかっているが、わざと触ってやっていないのだ。

「こらぁ。大人しくしないと、またお仕置きするよ？」

そのまま乳首を捻《ひね》ってやると、雅也はさらに泣き声を上げた。見ると、ペニスの先

から透明の先走り汁がダラダラ流れている。かなりの量だ。

「ちょっとぉ。お尻のほうまで汁が流れてるよ。これならローションなんていらないねえ。さて、じゃあそろそろ本番しようか。せっかく豚になったんだから、もっとぶうぶう鳴かせてあげなきゃね」

ビールの空き缶をダストボックスに放り込み、わたしは穿《は》いていた紺のタイトスカートをたくし上げ、ストッキングとショーツを脱いだ。明日は休みだが、今日は金曜で仕事帰りだったから、お互いスーツ姿だったのだ。

「雅也を見てたら興奮してきて、いっぱい濡れちゃった。ねえ、これどうすると思う？」

わたしは脱いだショーツを雅也の鼻先にぶら下げた。口を塞がれているから鼻でしか呼吸できないはずで、その鼻はフックで引っ張り上げてある。ショーツの濡れている内側をそのまま鼻に押し付けてやると、雅也は顔を振り逃れようとした。

「何なの？　まさか嫌なの？　豚のくせに生意気だねえ。それじゃあますますこうしてあげる」

頭からショーツを被せ、鼻のところに濡れた部分を持ってきてあげた。鼻呼吸しかできないところに、濡れたショーツを被《かぶ》せられたのだから、ますます苦しくなるだろう。

「んふぅ、むぉぅっ、くふぅーっ、んむっ」

苦しくなってきて危機を感じるのか、しきりに首を振ってショーツを鼻からずらそうとする姿が笑えた。思わずくすくす笑いながら、電動で椅子を下げ、ハンドルで背もたれ部分を調節する。そしてアーム部分を広げ、脚部もさっきよりは閉じさせた。この椅子はよくできていて、アーム部分を広げると、責め側が受け側の上に跨《またが》ることができるようになる。

「ねえ、そろそろ出したい？」

そう言いながら意地悪く鼻にショーツを押し付ける。苦しがらせながら、耳元で囁《ささや》く。

「射精したいのか、って聞いてんの。わかる？　変態豚野郎」

「んふぅぅっ、んぅ、んぅぅっ」

雅也は必死に肯きながら、ベルトで固定されてわずかしか動かせない腰を必死に突き上げた。もう限界に近いらしい。根元を縛られたペニスはすでに赤黒い。

ピルを飲んでいるので生でもいい。すでにぬかるんでいるヴァギナの入り口に当てる。ちょっと腰を下ろし、カリ首あたりまで入れて上下してちょっと焦らしたあと、そのまま腰を落とした。

「ううっ、うっうっ、んふぅぅぅ、んふぃぃぃぃ」

身悶えし、足を突っ張らせたり手首の拘束をガチャガチャ言わせたりして暴れる雅也の上に乗り、それを眺めながら上から犯すのは気持いい。S女にしかわからない、男を限界まで責める喜び……。脳と下半身が直結した深い快楽にまずは溜息をつく。

ついでに、さっきペニスに貼り付けていたミニローターをワイシャツの上から乳首に押し当ててやった。……そう、まだ雅也はワイシャツにネクタイをつけたままなのだ。汗やローションや自らが出した我慢汁ですでに汚れてはいるが。

ヴァギナの奥までペニスを咥《くわ》え込み、ぐりぐりしたり膣壁にこすりつけるように動いたり。しばらく夢中になっていると、雅也の悲鳴が大きくなってきた。

「むぉぅぁぁぁ、んへぇるぅぅぅ、いぃぃあいぃぃぃぃ、んぐぁぁぁぁ」

「何、出ちゃうの？　ダメだよ！」

玉袋を握ってグイッと下に引っ張ってやると、ますます泣き声をあげた。声がうるさくなるので顔にクッションを押し当ててやると本気で暴れている。呼吸ができないのだろう。

「さすがにもう、限界かな……」

わたしもイキたくて、気持ちいい場所にペニスの先を押し付ける。雅也なんかに構ってられない。ペニスが萎《な》えると嫌なので、時々手で根元を締め付けたりして抑えた。雅也は苦し気に喘いでいた。ミニローターを、今度は自分で、クリトリスのあたりに押し付ける。

「んひぃぃ、ひぃぅぅぅぅ」

「あっ、あんっ、ああんっ」

夢中で腰を振り、クリトリスにローターを押し付け……。間もなく奥と手前が同時に何度も痙攣《けいれん》し、達した。そのまま一瞬倒れ込んだが、雅也はワイシャツの上まで汗を染みさせたまま、まだヒイヒイと息をしている。

「豚のチンコでイっちゃったぁ……。今日、もう終わりでいいかな」

「う、う、ふぐぁぁ」

雅也が必死で首を横に振るのがわかる。ある意味、ここで終わるほうが調教って気もするけど、そうもいくまい。仕方なしに、手を伸ばしてペニスの根元を縛る紐の先を引っ張り、するすると解いてあげた。

「じゃ、ご褒美ね。一回イってぐちゅぐちゅのおまんこを、たっぷり味わいなさい……」

　わたしは薄笑いして腰を落とし、ゆっくり上下に動き始めた。

「んぁうぅっ、んぐぅぅっ」

　ずちゅっ、ずちゅっ、ずちゅっ、くちゅ、ずちゅっ……。

　雅也のくぐもった喘ぎ声が部屋に響く。もう限界らしく、いくらも保たない様子だった。

「ふぁ、ふぁ、ふぃぃ、くふぅ、うぁ、うぁ、うあぁぁぁぁぁ」

　雅也がイク瞬間、わたしは身体を放した。精液が、雅也の大事なネクタイに飛び散った。思わず、嬉しくなってしまった。

「ふふ。奥さんからもらったネクタイ、汚れちゃったねえ……」

「んふ、ぬふ……」

　いい眺めだ。わたしはその様子をスマホで撮影した。それを見ていたら、なんだかこれで終わるのはもったいない気がしてきた。

「まだ時間あるね……明日、休日だし。よし、場所を変えて続きをしよう」

　壁の時計を見ながら言った。雅也は弱々しくかぶりを振る。そんな様子に、ますますそそられた。

　わたしは雅也を移動させるべく準備を始めた。

「ね、さっきの体勢と今の体勢、どっちが好き？　あ、答えられないか」

わたしはローションをつけた人差指で雅也のお尻の穴を撫でたりグリグリ突っ込んだりしながら尋ねた。

汚れたワイシャツやネクタイを外して全裸にし、上半身に拘束衣を着せたあとベッドに移動させた。

ベッドには大の字拘束ができるように金具やベルトが取り付けてあるし、ベルトの長さもちゃんと調節できるので仰向《あおむ》けでもうつ伏せでも自由に縛り付けることができる。今日はうつ伏せになってもらった。

上半身には後ろ手の形で拘束衣を着せているのでベッドに繋いだのは足だけ。少し緩めにベルトの長さを設定し、お腹の下に枕やクッションを入れ、腰を上げさせる。わたしが雅也のお尻を自由に犯すことができるようにだ。

上半身に拘束衣を着せているのは、そのほうが女でも確実に男を拘束できるからだが、身体に跡をつけないためでもある。麻縄等のほうが見た目は美しいが、実際には体に赤く跡がついてしまうため、妻帯者のマゾ男に使うのは難しい。

全頭マスクだけは外してやったが、猿轡《さるぐつわ》と鼻フックはつけたままにしてある。さっきと違い、目は見えるようになったというわけだ。

「わたしも、脱いじゃおうっと」

ドロドロになってしまった服を脱いで裸になり、鞭を握った。

「何、ジロジロ見てんの」

お尻を突き出すような体勢なのでいくらでも引っ叩ける。

「んふぅっ、んんっ、ぐふぅっ、ぬぅっ、くっ……」

「どうしたの、豚さん。今日、お尻の調教、まだだったじゃない？　本当は嬉しくてたまらないんでしょう？　大好きなアナルバイブ、たくさん入れてあげるからね」

アナルバイブは細めのもので、それをローションで滑らせながら優しくゆっくり突っ込んであげた。さっき指を入れてみたら、久しぶりなせいかちょっときつめだったので、細めのアナルバイブで少し拡張しようと思ったのだ。

スイッチを入れ、軽く上下左右に動かしながら広げるように刺激してやると、雅也の息がどんどん荒くなってきた。

「んふぉっ、んふおぉっ」

「ふふ、穴の中、ちゃんときれいにお掃除してきたんだねえ。期待していたんだね。それなのにまだやってあげてなくてごめんね？　良い子の子豚ちゃんには何かいいことがあるかもね。たとえば……。雅也はこの辺が気持ちいいんだもんねえ？」

次第に穴が柔らかくなってきたので、アナルバイブで軽く前立腺の辺りを奥から手前に向かってゆっくり刺激してあげると、雅也は拘束衣が軋《きし》むほど強く上半身をくねくねと悶えさせ、足をバタつかせながら激しく腰を揺らした。

「くひぃっ！　んぅぅぅぅーっ」

「早いなあ。もう中イキしちゃった？」

雅也はビクビク身体を震わせている。ドライオーガズムに達したのだろう。ペニスはまだ半勃起だが、先走り汁で濡れている。

「イクの早すぎ。お仕置きだよ」

わたしはさらに鞭を振る。お尻を強めに数度打つと、雅也は泣き声を出した。

「豚だけ勝手にイクなんて、生意気よ。それにしても、入れられてイクなんて、雅也はただの豚じゃなくって、メス豚なんだね。メスなんだから、もっともっとメスイキしたいでしょう？」

わたしはトランクからペニスバンドを取り出した。腰に取り付け、黒光りしてかなり大きいそれにローションを垂らす。雅也に見せつけたあと、お尻の穴にゆっくりと入れ込んだ。

「んぉっ、んぉぉーっ、やぁへ、やぁへぇぇ、いぁ、いあぁぁ」

全頭マスクを外したせいで、声が少し大きく聞こえる。

「ちょっとぉっ、自分のより大きいモノを突っ込まれるのがそんなに嬉しいからって、大声を出さないでよ。つか、久しぶりなのにけっこうすぐ入るじゃん。この、ユルまん野郎！」

尻を何度も平手打ちしてやると、泣き声が少し低くなった。

「んぐ、んぐぅぅ」

ローションで滑らせながらだが、さっきのアナルバイブより大きいのでかなり圧迫感があるのだろう。頭を上げ首を振り、足をバタつかせて抵抗している。それには構わず、みちみち、むりゅむりゅと奥まで突っ込む。

「んぁぁ、いぁぁ、あへぇぇ、いぁえへぇぇ」

「処女みたいにヒーヒー言わないでくれる？　諦めて受け入れなさい」

奥までずしんと串刺しにしてやると、雅也ははぁはぁと息を荒くしていた。動くに動けず、腰を浮かせた状態でのうつ伏せなのだが、見るとさっきまで半勃起だったペニスが硬く大きくなっていた。

「ふふ、嫌とか言いながら、チンコがガチガチになってるじゃん。この変態め。雅也はペニバン、大好きだもんねえ。ぶっといペニバンで、犯されたかったんでしょう？」

上からローションを足し、ずちゅっずちゅっと音を立てながら腰を振り、尻を犯してやると、雅也は僅《わず》かに動かせる足首から先や、上半身をくねらせながらヒイヒイと声を上げ続けた。

その様子を見ていたら、わたしも自分の穴に入れたくなったので、バイブレーターを出して、ペニスバンドの下にベルトで固定した。スイッチを入れると、弱にしておいてもじわじわとした快感が押し寄せてくる。

「は……ん……わたしも気持ちいい」

「んぁ……うふぉぉ」

ぶちゅん、ぶちゅん、ぶちゅん、ぶちゅん。

繰り返し突いてやる。お尻の開発が済んでいる雅也は切ない声をあげるが、ペニスを全く刺激してやっていないので、このままではイケないだろう。どうやらイキたくてたまらなくなったようだ。

「いぁへて、いぁへてぇー」

「だぁめー」

「いぁへ、いあへてぇぇぇ」

雅也の鼻から鼻水が流れている。目も赤い。どうやら泣きべそをかき始めたようだ。よほどイカせて欲しいらしい。

「豚め。泣けばなんとかなるとでも思ってるの？」

「いぁ……いぁうぅ、いぁへてぇ、いぁえ……」

「だから、だぁめー」

ペニスバンドで突き上げながら、袋部分をぎゅっと握り、もみもみしてやる。手を縛っているのはこのためだ。自分で快楽を得させないため。

「いぁあぁ、いぁあぁぁ」

悲鳴を上げ始めた雅也の尻を再び何度か引っ叩き、ついでに自分に入れたバイブを強にする。すると快感が突き上げ、残酷な気分に支配された。

「豚め。ユルユルのケツまん犯されて、そんなに気持ちいいか。じゃ、仕方ないから、犯されながら、自分で下にこすりつけてイけ。それなら許してやる」

プレイ前に防水シートを敷いているので、多少のことなら大丈夫だ。わたしは雅也のお腹の下に入れてあるクッションをひとつ、外してやる。もともと、二個使って腰を上げさせているが、ひとつ外すことでちょうどシーツにペニスをこすりつけやすい位置になるはずだ。

雅也はお尻に突っ込まれた状態で自ら腰を振り、シーツにペニスをこすりつけている。その様子が哀れで、面白い。

「あっ、あっ……」

わたしは自分でバイブレーターを出し入れした。奥がぎゅうっと引き上げられ、頭の後ろが熱くなる。

「あぅぅっ、んくぅっ……」

雅也も獣のような呻き声をあげながら必死にペニスをこすりつけているが、それだけではイケないのか、シーツに上半身を打ち付けながら暴れ始めた。

「いぁ、いぁへてぇぇ、ら、らふぇ、らふぇぇぇぇ」

ペニスバンドが抜けそうになり、さらに押し込み、奥まで打ち付ける。

「ひぃあ、いぁぁぁ、いひ、いひあぁいい」

「うるさい、豚だねぇ……」

自分でもオナニーしながら、ペニスバンドを突っ込みまくるのはけっこう疲れる。それでも、あまりにも雅也の反応が良くて楽しいので、ご褒美をあげたくなった。

わたしはミニローターを雅也のペニスの裏筋にあて、スイッチをいれた。そのままローターがずれないよう、手で握っていてやる。

ブーンという音と共に、雅也の喘ぎが大きくなった。腰を動かし、雅也の穴をグリグリと掘るように動かす。雅也はのけ反《ぞ》った。

「ひぁぁぁ、くぉぉぉ、いふぅ、いふぅぅぅ、いふぅぅぅ、んふぅぅぅぅ、んあぁぁぁぁぁ」

「いっぱい、出していいよぉ……。あっ、あぁぁ……」

バイブレーターを最奥に入れたままビクンビクンと達し、次に身体が緩むのがわかった。流れ落ちてくる何かを、止めることはできなかった。

（わたしも、もう、だめぇ……気持ち良くって……漏れそぉ……出るぅ……）

雅也が射精しながら崩れ落ちるようにぐったりする。自然にペニスバンドが抜けた。腰に巻いたベルトを外し、わたしはぐったりしている雅也の顔に向かって、微笑みながらゆっくりと放尿した。身体がブルっと震えて、放尿している間中、ずっとイキ続けていた。

「はい、これ」

プレイ後の片付けを済ませ、わたしは雅也に買っておいたワイシャツとパンツを手渡した。こうなることを見込んで買っておいたのだ。ネクタイは、本当は早めに外すつもりだったのに、汚させてしまったのは完全にわたしの焼きもちだ。

「ありがとう」

シャワーを終えた雅也はすっきりとした顔で新品のワイシャツを身に着けてくれた。

「ネクタイ、ごめんね。軽く洗ったけど匂いがするかもしれない。こっそりクリーニングに出しちゃえばいいんじゃないかなぁ」

「大丈夫だよ、なんとかする。それより……ごめん」

雅也が溜息をついた。

「なんで謝るの？」

「あのさ……。嫁が、二人目を妊娠したんだよね。俺は今度こそ、戻れないと思う」

「戻れないって、どこによ？」

「泉《いずみ》の奴隷として生きる、っていうことにね。そうできたらどんなに幸せだろうって思ったこともあったけど……。神谷先生みたいにね。でも、俺はきっと、弱かったんだと思う。奴隷に、なりきれなかった……」

わたしは苦笑いした。

「いいんだよ。雅也は普通の幸せを大事にしたほうがいいと思う。また、気が向いたら、来ればいいじゃない」

「実は近々、アフリカに行くかもしれないんだ。家族は置いていくと思う。また数年は帰って来られないだろうな。……なあ、泉、まだこれからも、俺のこと、奴隷のひとりとして思っていてもらえるのかな……」

わたしは思わず、ベッドに腰掛けている雅也の頭をぎゅっと抱き締め、胸に押し付けた。

「もちろんだよ。だって雅也は、わたしにとって最初の奴隷だもの。会えなくても、ずっと忘れないよ」

なんだか悲しくて、湿っぽくなってしまいそうだったので、わたしは雅也から離れた。

もう明け方に近かった。マンションの玄関前にタクシーを呼び、雅也を玄関まで見送る。

（今度はいつになるのかな……）

きゅっと、胸が絞られるような感じがした。玄関先で手を振りながら見送ると、雅也も振り向いて軽く頭を下げてくれた。

コンビニの男

「夢イキしちゃったんだよね」

「夢イキ？　何ですかそれ」

土曜の夜で、今日も明日も休日。けっこう飲んでおり、わたしは酔っていた。花火大会の夜だけど、終わってすでに二時間以上過ぎていたから、川沿いの屋台は空いている。蒸し暑いことには変わりなかったけれど。

なんとなく散歩したくなり、ついでに電車に乗ってしまい、二、三駅。フラフラここまで来ただけで、花火は見ていない。煩《うるさ》かったり混んでいるのは苦手だ。

（ま、こういう場所に一緒に来るような男もいないわけだけど……）

わたしはただお祭りの余韻《よいん》を感じに来ただけだった。そのついでに、飲んでいる。

ほぼ全く、知らない男と。

ほぼ、とつけたのは、ちょっとだけ知っているからだ。

今一緒にいるのは、内田《うちだ》という男だ。制服の名札に書いてあったので、たぶんそうだと思う。下の名前は知らない。よく行くコンビニの人なのだ。だから要するに、ほぼ全然知らない人。

仕切っていた感じだったから、店長かオーナーかな、と思う。おそらく、わたしより少し上……四十歳くらいじゃないか。もうちょっと上かな。

屋台でひとり飲んでいたら、声をかけられた。コンビニの制服じゃなくてTシャツにひざ下丈のカーゴパンツという格好《かっこう》だったから一瞬誰かと思ったけれど、いつも見る顔だという意識はあって、なんとなく会話しているうちに、流れで一緒に飲むことになったのだ。

『夢イキ』なんて、どうしてそんな話になったのかわからない。

最初は適当に追い払おうと思っていたのに、これがけっこう話が弾《はず》んでしまった。

内田はわりと知的で、おまけに不思議な話をする。面白かったせいか、酒が進んだ。

それでなんとなく夢の話をしていて、なぜか話が夢イキになってしまったのだ。

「言葉通りだよ。夢を見ながらイっちゃうってことよ」

「男だと夢精《むせい》っていうのがあるんですけど、女性にもあるんですね」

「あるよ」

それにしても内田はなぜ、敬語を崩さないのだろう。別にいいけどね。

「どんな夢を見たんですか？」

「うーん。それは言えない」

さすがに口籠《くちごも》った。だって、男を思い切り犯しまくっている夢だったから。夢だから内容もかなり過激になっていたし。

（どうやら、溜《た》まってるみたいだなぁ）

マゾ男調教どころか、普通のセックスもここしばらくご無沙汰《ぶさた》だ。仕事も忙しく、最近やっと一段落したのだ。

「うちの田舎《いなか》じゃ、お盆が過ぎたら夏はもう終わりなんだよね。途端に涼しくなって。東京はそんなことないけど……」

話を逸《そ》らすようにつぶやくと、

「名前、聞いていいですか？」

尋ねられた。

横山泉《よこやまいずみ》です……と言いかけてやめた。

（まぁ、ナンパだし。嘘言っちゃおう）

「里美《さとみ》、って言います」

「さとみさんって言うんですね。里に美ですか。俺は……」

「内田さん、でしょ」

「はい。いつも名札つけてますからね、俺」

内田は笑いながらうなずいた。こうやってみると、顔も表情も好感が持てる感じだ。身体《からだ》も引き締まっていてスタイルも良い。全くモテないということもなさそうだ。

「里美さんって、どういうお仕事なさってるんですか？　いつも、会社帰りっぽい格好《かっこう》で店に入ってきますけど」

「想像通り、普通の会社員です」

あなたのコンビニにもうちの商品がたくさん入ってますよ、なんてことまではもちろん言わなくていいだろう。こういうの、会社バレしても困っちゃうし。わたしは用心深いのだ。

(川が流れる音っていいなあ……)

サラサラ、サラサラ。ぼうっと耳を傾けていると、水の中にいるみたいな気分になる。風も少しは通るようになって、気持ちいい。ずっとこうしていたいけど、どうやら屋台もそろそろお終《しま》いの時間のようだ。

そんなことを考えていると、

「あの。さっきの夢イキの話なんですけど。現実にしてみませんか？」

内田がわりと唐突に言い出した。女がその気になっていそうな、このラッキーな機会を生かさなくてはと思っているのだろうか。

(バカな男)

わたしは笑った。内田は、わたしがどういう夢を見たのかわかっているんだろうか？……普通の男なら裸足《はだし》で逃げ出すような内容なのに。

「そりゃもちろん、現実にできるならしたいけど。わたし趣味が変わってるんだよね。だからなかなか相手がいないの」

「趣味が変わっている、というと？」

「それを話したら、今夜つき合ってくれるの？　途中できっと後悔すると思うよ」

目を覗《のぞ》き込んでやる。気軽に楽しみたいのだろうけど、逆にこう言われたら、どう思うのかな。

「俺でいいなら、つき合いますよ」

返事はすごく軽かった。

(本当に、バカなのかも)

そう思いながら、

「本当に？　何をされても？」

念を押した。

「何してくれるんだろ……。楽しみです」

「かなりひどいことされちゃうかもよ？」

「俺、好奇心旺盛《おうせい》なんですよ。めちゃめちゃ興味あります」

「言っておくけど、痛かったり苦しかったりするかもしれない系だからね？　わたしじゃなくて、そっちがってことよ？」

「我慢します」

淡々と返事をされて、なんだか困ってしまった。本気かコイツ、と思ったけれど、内田の表情はそれなりに真面目《まじめ》だった。こんなことに真面目も何もないけど……それなりに覚悟している風というか。それにしても内容を理解しているとはとても思えない。

「うーん……」

(初心者をいきなりわたしの趣味につきあわせるのはどうかなあ？　本当にやっちゃっていいの？)

内容が内容なだけに、具体的な説明もしにくい。すぐにはその気になれなかった。

(やっぱりやめようかな。本当は家がいいけど、よく知らない男に自宅を知られたくはないし、かといってわざわざ都心のホテルまで行くのも面倒だし。道具も持ってきてないしなあ。夢の内容はお散歩プレイだったけど……うーん）

迷っていると、内田はわたしの考えを薄々感じたのか、

「えっと。実は今、店が改装中で休みなんですよ。エアコンとかは大丈夫なので、あそこでどうですか？」

そういえば、そんな札《ふだ》が貼られていたような気がする。

（それなら、良いかも）

あのコンビニなら家からも近いから、道具を取りに戻ることもできる。

普段なら知らない男とプレイしたりしないけど、何しろ今は、夢イキしてしまったくらい溜まっているのだ。

初心者だと思うけど、構うもんか。向こうが望んでいるのだ。望み通りいたぶってあげよう。

わたしと内田は電車に乗り、最寄り駅まで戻って、

「わたしはいったん帰って、準備してから行くね」

「準備？　店のものとか使っていいですよ」

「あ、そう。それも使うかもだけど。じゃ、後でね」

いったん別れて、店で集合することになった。

店の前まで来て、真っ暗なことを確認した。本当に休業中だ。外回りを確認する。エアコンの室外機が動いている。すでに中にいるようだ。

わたしはさっきまで持っていた夏用の籠《かご》バッグの代わりに登山用のザックを背負っている。籠バッグが似合うようなリゾート風の白いワンピース姿に登山用のザックはかなり変だけど、色々考えながら道具を詰め込んだら荷物が増えてしまったのだ。ちなみにわたしの趣味は登山なので、山中で二泊できるくらいの大きさのザックは前から持っているのである。

護身用のスタンガンと催涙《さいるい》スプレーも腰につけている。見た目、お洒落《しゃれ》風のベルトなのでちょっとわからないだろう。自宅以外の場所では何があるかわからないので一応準備してきたのだ。S女は用心深くないと務まらない。

外からラインした。呼び出したので、内田はたぶん表に出ただろう。わたしは裏手に回って中の気配を確かめた。どうやら数人いて輪姦《まわ》されるということは無さそうだと踏んでからやっと出て行った。

「どっから来たんですか？」

「あっちから。早く入ろうよ」

適当に言って促した。

内田にどれだけ才能があるのか、これだけは試してみなければわからないことだ。わたしは飢えもあって、正直すでにウキウキしていた。

(ヤバいなあ。楽しくなってきちゃったよ)

自動ドアは閉まっていたけれど内田が開けて、中に入るとロックした。

「なんかずいぶんデカいリュック背負ってません?」

「色々入れて来ちゃったから」

「一体何が入ってるんですかぁ。店舗は狭いんですけど、バックが広いので、そっちに行きましょうか」

案内されたのはドリンクケースの真裏あたりだった。倉庫のようになっていて、ダンボール箱がそこら中に山積みになっている。冷房は効いていて涼しい。

店舗の裏側はドアで仕切られている部分もあるがおおまかにL字型になっていて、事務所と繋《つな》がっていた。

「これ飲んでいい?」

ガラスケースから勝手に取ってきたビールをあけて飲み始めた。あとでお金を置いて行けば問題ないだろう。どうせレジは開いていないんだろうし。

「あ、はい」

「あー美味《おい》しい。やっと夏が来たって感じ」

さっきもさんざん飲んだのに、それが正直な感想だった。これからプレイができると思うと本当にビールが美味しかった。だって今年の夏は本当に、何ひとつ楽しいことが無かったから。

「やっとお祭りができるんだなぁ。花火大会なんか目じゃないよ！　ふふっ、ありがとう、声かけてくれて。あ、この床じゃ痛いだろうから、とりあえずダンボールでも敷いたら？　マットレスなんかは無いんでしょ？」

わたしは内田に微笑《ほほえ》みかけた。内田は戸惑っている様子だったけど、言われた通り空のダンボール箱を開いて床に敷き始めた。

「プチプチはないの？　あったら、ダンボールの下に敷いて、ずれないようにガムテで貼ったほうがいいかも。少しでもクッションになるように」

プレイ以外のことで余計な痛い思いをさせたいわけではないので指示する。こういうことって、下準備が大事なのだ。二畳分くらいの広さにしてもらい、わたしは飲み終わったビールを、傍《そば》にあった会議室にあるような作業机の上にポンと置いた。

「じゃあ、服を脱いでそこに座って」

「えっ……いきなりですか」

「早くして。あ、恥ずかしいならパンツだけは穿《は》いてていいけど、あとは全部脱ぐのよ」

「はい……」

内田がパンツ一枚の姿になりダンボールの上に正座したので、内心、

（お。わりとわかってるのかな？）

と思った。でも油断はできない。わたしは内田の背後に回り、耳元で優しく、

「目隠しするよ？」

と囁《ささや》いた。

使い捨てのアイマスクを被《かぶ》せる。内田は大人しくされていた。続けてわたしは、リュックの中から革手錠《かわてじょう》を取り出した。

こういうものは大人のおもちゃ屋でいくらでも売っているが、はっきりいってその品質はピンキリだ。これは日本の職人の手作り品で、腕に巻く部分にはクッションがついているし、それでいてチェーンも革ベルトも頑丈《がんじょう》にできていて、本気で暴れる男を拘束《こうそく》するのにも充分な強度を持っている。もちろん鍵付きだ。

「手、後ろに回して。大丈夫、怖くないから」

優しく言うと、軽く縛られるとでも思ったのか大人しく腕を後ろに回してきた。わたしはそっと革手錠を嵌《は》める。最初は乱暴になんてしない。両手に手錠をかけ、カチャリと鍵をかけたらもうＯＫだ。手錠を繋ぐチェーンの部分が遊びになるので、多少暴れても筋肉を傷めることは少ないはず。

「どう？」

「えっ……いや……こういうの初めてなので」

内田は拘束された両手首を動かしている。何度かガシャガシャしてみて、どうやら想像したよりも頑丈なものだと気がついたみたいだ。

「けっこう……外《はず》れないんですね」

女の手で男を縛るには、器具を上手に使わないといけない。

「多少暴れても外れたりしないよ。鍵もかけてあるし」

内田はちょっと不安になってきたらしい。不安と期待が混じり合っているというところだろうか。内田のペニスがパンツの中で半勃《はんだ》ちくらいになっているのをわたしは見逃さなかった。

（ちょっと縛られただけでこれか。どうやらマゾっ気はあるみたいだな。もしかして期待できるかなぁ？）

そんなことを思っていると、内田がポツポツと語り出した。

「実は俺、前から、ＳＭクラブとかに行ってみたいなと思っていたんですよね」

「そっか、なるほど。じゃ、今回はタダで経験できそうでラッキー、って思ったのかな。あのね、ああいうところの女王様はお仕事だから内田さんの好きなように責めてくれるけど、わたしはプロじゃないから、そうはいかないよ？　だから覚悟しなさいね」

笑いながら言った。楽しいので、自然に笑顔になってしまうのだ。

「さて、と」

後ろから手を伸ばして乳首を軽く撫《な》で、つまんで軽く捩《ねじ》ってやるとビクンと反応した。コリコリと乳首が硬くなったので、クリップで挟《はさ》む。

「あっ、痛い」

内田が身をくねらせた。

「これ、プレイ用だからそんなに痛くないと思うけど。それよりも、ちょっと拘束されて乳首いじられたくらいで勃起《ぼっき》させてるなんて、あんたって生まれつきの淫乱なんじゃない？」

軽口を叩きながら、背後から耳たぶを齧《かじ》ったり、首筋を撫でてやったり。内田は喘《あえ》ぎ始めたけれど、もちろんこんなことだけではプレイのうちにも入らない。

勃起したペニスをパンツの上から撫でてやりながら、スマホの録画ボタンを押した。目隠しされ後ろ手に拘束された内田の様子を撮りながら、

「どうやら感度、いいみたいね。もっとちゃんと調教受ける？　それとも、このへんでやめておく？　どっちがいい？」

そう言うと、

「あ……調教、受けたいです。お願いします」

内田が言うので、

「今の、録画してるからね」

と、一応告げた。あとで文句を言われても嫌なので、同意は録画しておかないといけない。わたしはスマホをリュックに戻し、本格的な拘束に移るべく、拘束具とロープの束《たば》を取り出した。

「さ、できた」

立ち上がって内田を眺める。右左それぞれの腕で両足の膝を抱えるように持たせて、その上で手錠式の拘束具で右左の両手首、両足首をそれぞれ括《くく》り、ロープで膝と腕を

グルグル巻きにして固定し仰向《あおむ》けにした。さらに不意の射精を防ぐため、ペニスの根元を細いロープで縛ってある。パンツはハサミで切って脱がせた。

「ふふ、可愛くなったねえ。いい格好。なかなか似合うよ」

「んぁっ、あ、あ」

縛っている途中でごちゃごちゃ言ったので、口にボールギャグを嵌めた。内田は喘ぐばかりだ。ペニスの根元にロープをかけるときに少し暴れたけど、ガッチリ拘束してあったから、内田にしてみれば後の祭りというやつ。

「奴隷のくせに、あれが嫌《いや》これが嫌なんて通用しないよ。ちょっと縛られておちんちんをナデナデされて、すぐに気持ち良くイかせてもらえるとでも思っていたのかなぁ？　当てが外れちゃったね、ざんねーん」

「あうふぅっ……ふ、ふぅっ」

目隠しは外した。自分の格好が少しでも見えたほうが恥ずかしいだろうから。

「でもね、おちんちんはナデナデしてあげるけどね。イキたくてもイケなくて、もうたまんないだろうね」

亀頭にローションを垂らし、指でわっかを作ると、カリ首のところをプリプリとしごいた。

「んあぁっ……」

「これ、気持ちいいでしょ。でも絶対出せないもんね。そうだ、玉袋のほうも縛ってあげるね」

嫌がる内田を尻目に、細いロープで玉も縛り、さらにしごいてやる。内田は不自由な身体を必死に動かし、腰を振り上げるようにしてくる。

「いいぁぁあい、いいぁぁあい」

「何言ってんの？　あ、イキたい、か。そんなこと言われなくてもわかってますよーだ。あ、そういえばお尻はどうなってるかな？　後々《あとあと》のために、少し広げておこうか」

アナルもローションで濡らし、初心者用のミニバイブを入れた。

「んふ、うあはぁっ、あぁめろぉっ」

初めてなのか、嫌なのか、必死に穴を締めようとするので面白い。でも、結局スポンと内側に入ってしまった。

「抵抗しても無駄だよ。この格好じゃ、動かせるのおちんちんだけだよ。何嫌がってんの。すっごく気持いいでしょぉ？」

玉や穴、竿《さお》、そしてカリ首をしごきながらそう言ってやると、次第に女みたいな声を出すようになってきた。

「んぁぁあん、あいあー、あぁぁっ、んはぁぁ……ん」

「口の端から、涎《よだれ》が垂れてるよ？　すっごく気持ちいいんだねえ」

「いぅ、いぅ、いぅぅぅぅ」

「イキたいんだねえ。じゃ、いったん、おやすみするね？」

手を止めると、びっくりしたような、訴えるような表情で見つめてくる。

「なんでぇ？　やめてほしくないのぉ？」

コクコクと頷《うなず》く様子がなんとも可笑《おか》しい。

「だってわたし、おしっこしたくなっちゃったんだもん。じゃ、わたしのおしっこ飲んでくれる？　それなら出させてあげようかなぁ」

「うえ、いあぁぁ……」

「何、変な声出してんのよ。おしっこ飲まないなら、出させてあげないから」

リゾート風の白ワンピースをたくし上げるとショーツを脱いだ。興奮したので、股の当たる部分はかなり湿っている。

「ほらぁ。どうすんの？」

「んっ、んっ」

内田は必死に頭を左右に振っている。奴隷のくせに女王様の聖水を喜ばないとは。

（思い知らせてやらないとね）

わたしは内田のボールギャグを外してやり、顔の上に跨《また》がると、

「目、つぶっときなさいね」

と言って、そのままじゃーっと放尿した。さっき飲んだビールで、膀胱《ぼうこう》がパンパンだったのだ。けっこう長く出た。

すっきりして立ち上がると、内田の顔も髪もビショビショだった。内田のTシャツで軽く拭《ふ》いてやり、次に、内田の口にヴァギナを押し付けた。

「ほら。舐《な》めて、きれいにして。ひだひだの部分も、ちゃーんと奥まできれいにするんだよ」

内田は目を閉じたまま、必死に舌を動かして舐めた。汗も淫汁も尿も、すべて。

「ん。あ、そこ……。そうそう、じょうず」

内田は舌先でクリトリスを探し、ちゅっちゅっと音を立てて舐めている。悪くない。感触を楽しんだあと、もっと欲しくなってぎゅうっと押し付けてやった。すると、内田が苦しそうにしたので、さらに押し付けた。ヌルヌルのヴァギナのせいで、鼻呼吸ができなくなりますます苦しいはずだ。

「んぁっ、ちょっと、息がぁ」

「大人しく舐めないなら、またボールギャグを嵌めるよ」

「ええっ。……んふっ」

内田は必死に舌を使う。クリトリスの周りも、ゆっくり、ねぶるように……。

(ん……気持ちいい)

我慢ができなくなり、わたしは内田のいきり立ったペニスに手を伸ばした。

「わたしも入れたくなっちゃった」

「は、はいっ、お願いします」

そのまま下半身を下にずらし、ヴァギナの入り口を亀頭にあて、ゆっくりと腰を沈める。

「あぁっ、気持ちいい」

内田が喘ぐように言った。腰を動かし、内田のペニスを恥骨の裏あたりに擦りつけるようにすると、気持ち良さで奥からどんどん淫汁が溢《あふ》れてくる。

「ん……わたしも気持ちいいよぉ」

「里美さんの中、すっごくいいです……。な、なんか複雑な形で……あ、あ、俺もう……あっあっ」

(里美って誰だっけ。……そうかわたしか)

偽名を使うと、なんだかこういうとき変な感じだ。

ゆっくりと上下に腰を揺らす。時々押し付けるようにして動かし、奥まで味わった。次第に夢中になって動かしていると、

「あ、あぁぁ、イきたい、イきたいよぉっ」

内田が身も蓋《ふた》もなく言い出した。かなり切羽詰まった様子だ。

「え？　イきたい？　もう？」

わたしはわざと言ってやる。

「どうしても？」

「ど、どうしてもっ。く、苦しいっ。あぁぁ」

「そっかぁ苦しいのかぁ。射精、したい？」

「したい！　射精したいよぉ。さっき、おしっこ飲んだらイかせてくれるって言ったでしょ？」

「だって、嫌がったし、全部飲まなかったじゃん。あれじゃぜんぜんダメだよ、失格」

「え、えええええ」

必死に耐えているせいか、ペニスも、足の指先さえも赤黒い。とりあえず、そんな足の裏をくすぐってやった。

「あぁっ、や、やめてくださいぃ」

「へー、そっかぁそんなに射精したいのかぁ」

「あっあっお願いです、お願い……早くぅー」

「わかった」

わたしが言うと、内田の顔に歓喜が広がった。次の瞬間、

「じゃあ、イカセてあげなーい」

「な、なんでぇぇ」

ゆっくりと腰を動かしながら言ってやる。

「イきたいやつをイかせていたら、調教にならないんだよね。だから言ったでしょ、わたしは趣味でやってる女王様なんだって。気持ち良くさせてやるだけの、お金もってこういうことやるプロの女王様とは違うんだよ」

ペニスを抜いて立ち上がり、リュックから男性用の貞操帯《ていそうたい》を取り出した。射精管理の好きな奴隷に使うため、買い置きしているのだ。

今日はこれからが本番なのに、そのことを内田は全くわかっていない。

男性用の貞操帯は大きく分けて二種類ある。勃起していない状態のモノに被せ、女王様と会っていないときのオナニーや射精を禁じるものと、勃起した状態のモノに取

り付けて射精を不可にするもの。今回使うのはもちろん後者だ。

金属製で、銀色に輝く不気味な器具。ペニスを上に持ち上げた状態のまま金属ですっぽりと包む形になっており、根元もしっかりと金属の輪で締められるようになっている。ここまで焦《じ》らしているのだから、かなり苦しいはずだ。

「な、なんですかそれ。や、やめてください。やめて……。あの、せめて、一度イかせてください、それからなら……。お願い、お願いしますぅ」

「何情けない声出してるの？　好奇心旺盛だって言ってたじゃない。こういうことがしてみたかったんじゃないの？　これをつけて欲しくて仕方ない奴隷はたくさんいるのよ。さあ、大人しく足を広げなさい」

縛られているので抵抗する自由はないが、一応そう声をかける。内田の腰にベルトを巻いて、付属の細い革ベルトで貞操帯を取り付けると、ペニスはガッチリと固定された。ペニスの根本はもともと細いロープで巻いてあるのだから、二重に拘束されたことになり、どんなに射精したくとも無理であろう。

「や、やめてぇ、あ、ああっ」

「大きな声出さないでよ。うるさいなぁ」

もう一度ボールギャグを嵌めてやると、顔が真っ赤になった。

「くぁっ、いふぃあ、いあー、あ、あぁぁ……」

内田が縛られた身体を必死に動かしながら耐えている。

（はぁ……。めっちゃ、いい眺め……）

身体の奥が熱い。まだまだ楽しめるかと思うと、うれしくてたまらない。

「これでわたしの許可無しでは、絶対に射精できなくなっちゃったね。嬉しいでしょう？　さて、お尻はどうなってるかなぁ？」

おどけたように言う。見てみると、ちゃんとバイブが嵌まったままだ。まだ電源は入れていないので、穴が広がっているだけで刺激はないはず。そこに、再びローションを垂らした。ガッチリ縛られたままの内田は、何をされるのかと不安げな表情だ。

「んじゃ、これから気持ち良くしてあげるからね。お尻での快感をたっぷり味わいなさい」

バイブのスイッチを入れてやった。最初は弱めでじわじわと。

「んふっ、ふぅっ」

内田が必死で身を捩《よじ》っている。しばらく中に入れっぱなしにしていたから違和感は減っているはずだ。穴も少しは広がっているだろうし。……となると、あとは気持ち良くなっていくしかないわけだ。

「んぁうっ、ふううっ」

表情を観察していると、次第に目がトロンとしてきた。初心者用のバイブで大きなものではないが、いい場所に当たっているのかもしれない。

(これなら、いけそうかな)

バイブの振動を弱から中にする。

「んぉっ、ふーっ」

内田の様子に変化が見られた。縛られた身体を必死で起こすようにしながら、同時にお尻を上げたり逆に床に肛門を擦りつけようとしたり。そのなりふり構わないくねくねした様子は、かなりわたしを満足させた。そのまま少し放置してやる。

「ずいぶん感じてるじゃない。お尻は初めてなのにもうメスイキしちゃいそうなの？さすが淫乱は違うなぁ。才能アリだね！　仕方ないな、射精はさせてあげられないけど、ふふ、イッちゃえ、イっちゃえ」

バイブの振動を強にしてやると、

「ふぐーっ、ふううっ、いふっ、いふぅぅぅぅぅっ」

情けない声をあげながら内田がビクビクと震え、何度も身体をバウンドさせたかと思うと、ペニスの先から透明の汁を大量に滴《したた》らせる……。最後には死んだカエルのようにぐったりと弛緩《しかん》した。

（メスイキ、完了だね。でもまだ出してないから、すぐに復活するだろうけど）

バイブを止め、わたしはぐったりしている内田の右腕と右足の拘束をいったん外し、すぐに足だけを折りたたむように拘束した。暴れられると困るからだ。そして左も同じように解き、左足も畳んで縛り、

「気持ち良かった？　いい子にしてたらもっといいことがあるかもしれないよ。大人しくしなさい。腕、後ろに回して」

と告げ、両腕を背後で拘束し、その上で足の拘束を解いた。知らない男だから、油断は禁物だ。

「さて。立てる？　ゆっくりでいいよ。焦《あせ》らないで」

声をかけると、内田は足を動かしたり、縛られたままの体勢を整えたりなどしながら、なんとか立ち上がった。血流の戻りもあるだろうし、こういうときに急がせてはいけない。

裸に貞操帯、お尻にはバイブ、乳首にはクリップ、そして口にはボールギャグ。男にとってこれ以上惨《みじ》めな格好というのも、たぶんあまりないだろう。変態そのものという感じ。記念に一枚、スマホで撮影した。

内田は恐る恐るという感じで、わたしを見ている。

「さ、準備しなきゃね」

店内を歩き回り、ネイビーのレインコートと使い捨てマスクと、自分用にとショーツを手に取ってバックルームに戻った。

「これ、買うから。あ、ここにお金置いておくね。わたしの脱いだ下着は、後で捨てといて」

財布からレインコートと使い捨てマスクとショーツ、そしてさっき飲んだビールの代金と合わせて、少し多めの金額を作業机の上に置いた。

脱がせたTシャツを、腕を縛った上からぎゅぎゅっと被せるようにして無理やり着せ、リュックの中から小型犬用のリードを取り出した。それを貞操帯の根本、要するにペニスの根元にひっかけるように括りつけ、ひざ下丈のカーゴパンツに足を通させて途中まで上げる。

当然、引っかかって上がらないので前ボタンとファスナーは下ろしたまま貞操帯ごとペニスは外に出しておき、お尻のほうだけぎゅっとあげて落っこちないようにガムテで腰回りにベタベタと止めた。

「あ、そうだ……暑いし、熱中症になったら大変だよ」

店から経口補水液を一本持ってきて、ボールギャグを外してやり、飲ませた。ごくごく飲んでいたので、どうやらかなり喉が渇いていたらしい。

飲み終えたところで、通告した。

「これから、お散歩に行くよ」

「は？　お散歩？」

「おちんちんにリードもつけたし、準備完了でしょ？　一体何のためにこんな格好をさせたと思うの？」

わたしが笑うと、内田のほうは泣きそうになっていた。

「それはさすがに、勘弁してくださいよ。万が一、知り合いにでも見られたら困ります」

「大丈夫。わかんないようにするから」

「わかんないようにって？」

「いいから、黙っててくれる？」

半泣きになっている内田にもう一度ボールギャグをつけさせ、レインコートを着せた。腕は出ないからよく見たら変だけど、夜中で暗いからちょっと見はわからないだろう。そして使い捨てマスクをつけさせ、レインコートのフードも被せた。

レインコートは前のボタンを一か所、ペニスのあたりだけ外して、そこからリードを出してわたしが先を握る。そしてサンダルを履かせれば、マゾ男の楽しいお散歩スタイルの完成だ。

わたしはもうここに戻るつもりはないので、残りの荷物を詰めたリュックを背負った。ついでに新しいショーツを穿く。

「さ、行くよ」

紐《ひも》をクンクンと引くと、内田はくぐもった様な情けない声をあげた。

「あぇえー、うく、くふぅっ……」

「何なの。ちゃんと歩かないと、おちんちん千切れちゃうよ？　こんなにガチガチに勃起させているくせに、恥ずかしいも何もないでしょ。この素敵な姿を、みんなに見せてあげようね？」

「いあぁ、んふぁ、んあぁ」

内田は身を捩るようにして抵抗していたが、

「ねえ。わたしの夢イキ、どんな夢か知りたいって、あなたは言ってたでしょ。それをこれから、直《じか》に体験させてあげるんだよ。付き合うって言ったのは、あなたのほうなんだからね。約束は守ってもらう。だから言ったでしょ？　後悔するかもしれないって」

諭《さと》すように言うと、これ以上抵抗しても無駄だと思ったのか、約束だからと諦《あきら》めたのか……内田はよろよろと歩き出した。

裏から外に出る。深夜だが、住宅街なので真っ暗ということもない。わたしはそのまま、近くの大きな公園に入り込んだ。

ほとんど人はいないが、たまに通行人がいる。

(やったぁ。楽しい楽しい、お散歩プレイだ)

マゾ男のペニスにリードをつないで散歩するなんて最高の気分だ。歌い出したいくらい。

かなり暑く、内田を見ると顔にびっしょり汗をかいている。この暑いのに身体には興奮を誘う器具をこれでもかと取り付けられ、おまけに通気性の悪いレインコートなど着せられているのだから当たり前だ。

「歩くだけじゃ、つまんないよねえ」

こっそり話しかけると、内田は必死に首を横に振る。これ以上のことは嫌だという雰囲気。ガッカリして、ますますイジメたくなった。

お尻に嵌めてあるバイブを動かしてあげることにした。貞操帯のベルトで、ついでに固定してしまったのでどんなに暴れても外に出すことはできない。さっき、すっかり気持ち良さを知ってしまったのだから逃げ場もない。スイッチを入れると、内田の歩き方がおかしくなった。

「ふふ、気持ちいいでしょう。穴もだいぶ広がってきたかな？　今度はもっと太いバイブでも楽しめそうだねえ。歩きながら、たっぷり味わってね」

とりあえず、弱から中にする。外に音が響くとまずいので、お散歩中は強にはしないことにした。

それでも内田にはたまらないようで、時々立ち止まってブルブル震えだすので、そのたびにリードを引いてまた歩かせる。イキ癖がついてしまったのかもしれない。でも、ペニスを根元からひっぱられたら男は絶対に抵抗できないので、内田は無理やり歩かされている。

「んあっ、んふっ、んふぅっ」

ボールギャグを嵌めていることがわからないように、マスクを二重にさせているので、苦しいのか息遣いが荒い。時々どうしても立ち止まってしまうのは、お尻からの刺激で、おそらく何度か軽くドライでイってしまっているのだろう。精液は出せないので、何度イってもますます溜まって苦しくなるばかりだろうけど。

暗がりに誘導すると、レインコートの内側に手を入れ、乳首やペニスの根本やその周辺をまさぐってやった。もう、ちょっとした刺激でも我慢できないほど敏感になっているのがわかる。この状態になってしまったら、イクまでは収まらないし、まともな思考なんてとっくに飛んでいるはずだ。

内田がぐう、と押し殺したような声をあげ、充血した目で見つめてくる。かなり追い詰められているのがわかる。ペニスの根元の貞操帯のハマり具合を確かめると、強く勃起しているので食い込んでいる。これはかなり痛いだろう。……思わず笑顔になってしまう。

(こんなにされて、この勃起力。なかなかいい仕上がりになってきたんじゃない？ 初めてみたいだけど、マゾの才能はまぁまぁあるみたいね。これくらいなら『当たり』かな)

そう思いながら、軽く伝える。

「今日はここで解散しよっか。後ろ手錠だけ外してあげるから、あとは自分でなんとかして帰りなさいね！ 貞操帯とお尻バイブはプレゼントしてあげるよ。うれしいでしょ？」

そう言うと、思った通り内田は目を白黒させながら身を捩って暴れ始めた。

「んぁぁ？ んふぉっ、ぐぉぉっ、あうあっ」

悲鳴に近い声をあげながら、腕の手錠を外そうと四苦八苦している。わたしはもう、楽しくて楽しくてたまらない。

（はー、もう、最高！）

もしかしたら内田は、夏の間中何の楽しいこともなく過ごしていたわたしに、神様が派遣してくれた天使かもしれないと思った。

抵抗するマゾ男にはお仕置きが必要なので、リュックの中から鞭を取り出す。

「こらっ、何騒いでるの。まだ自分の立場がわかっていないらしいね。奴隷らしく、大人しくなさい！」

臀部《でんぶ》を二発ほど引っ叩いてやる。きつめのお仕置きなので、おそらくミミズ腫《ば》れくらいはできるだろう。痛みで我に返ったのか内田が静かになった。

「ほら。そこに座りな」

リードを引っ張りながら、ベンチに誘導し、座らせる。わたしも隣に座る。涙と汗で、内田の顔はもうぐしゃぐしゃだ。

「あふ……」

「何？」

「あふ……ひて……あふ……」

見ると、マスクがずれて、さらに下のボールギャグが外れそうになっている。どうやら外そうとしてかなりがんばったようだ。よほど話したいことがあるのだろう。

「大きな声出さないなら外してあげる」

そう言うと、何度も首を縦に振るので、外してやった。かなり暴れていたのでちょっと心配だったが、顎は大丈夫なようだった。

「お願いします……これを、貞操帯を、外して、どうか、どうか……イカセてください……」

涙声だった。大の男が、と思うと本当におかしい。わたしはクスクス笑いながら答える。

「何言ってるの。まだまだ我慢できるでしょう？　こういうことしてもいい、ってあなた言ったじゃない。痛くて苦しい目に遭《あ》ってみたかったんじゃないの？」

「う、ううぅ……もう無理ですぅ。苦しい……。どうか、お願いしますぅ……腕の拘束を解いてくださいよぉ」

「だぁめ。だって、解いてあげたら自分でおちんちん触っちゃうでしょ？　マゾ男には、そんな自由はないの。まだわかってないみたいね」

「もう本当に勘弁してくださいよぉ」

　ぎゅっと、乳首を抓《つね》ってやった。
　ああっ、と内田が呻《うめ》く。
「そもそも、口の利《き》き方がなってないんだよねえ。こういうときは『勘弁してくださ
い』じゃなくて『お許しください』なの。手錠外さないで、このまま置いていくよ？
絶対に解けやしないから、お尻とチンコに変なものつけたまま、ひとりで交番にでも
歩いて行けば？　ちなみにわたし、里美なんて嘘だから。ナンパしただけの知らない
女にここまでされちゃったなんて、しばらくはご近所で笑いものだねえ」
「ううっ……。助けて……。す、すみません、口の利き方直しますから。お、お許し
くださいぃ、イカセてくださいぃ、お願いです、置いて帰らないでください……」
「ねえ、いい年のおじさんが、置いてきぼりにされたくない、おちんちんに触りたー
いって泣き声出してるなんて、情けなくないの？」
「お、お許しくださいぃ、お願いします。お願いしますぅ」
　だんだん声が大きくなってきたのでもう一度ボールギャグをはめ、マスクをさせた。
内田はかなり嫌がっていたが、移動させる都合もあるので、このほうがいい。
　わたしは本当に、放置して帰ろうと思っていた。内田を満足させてやる義理なんて
ないし、ここまで遊んでやったら充分かなという気もしていた。この姿で野外に放置

してもらえるなんて、本当のマゾ男ならむしろ喜ぶだろう。調教ということを考えるなら、一度はこのくらいの経験をさせてやったほうが女王様に従順になるし、親切というものだ。

しかし……問題は、わたしの興奮がおさまらなくなってしまった、ということ。

(あー、ヤバい。ガンガンに犯したくなってきちゃったよぉ……)

夏の夜だけど。いつもよりは少し気温も低いようだ。

花火大会の終わりの高揚感と、酒と、初調教のマゾ男。わたしにとっては興奮する材料が揃《そろ》い過ぎていた。

ショーツの中は、もうヌルヌルびしゃびしゃ……太腿《ふともも》まで淫汁が垂れそうなほどになっている。このぶんだと、お漏らし状態でスカートが汚れちゃっているかもしれない。

(きっと、さっきの何倍もいいはず……)

限界近くまでガチガチに勃起させたマゾ男のペニスを使えるのだ。この機会を逃せるほど、逆に言うとわたしはちゃんとした女王様ではないのだと思う。所詮《しょせん》趣味でやっているだけの女王。本物の女王様ならマゾ男をこのまま放置し、奈落の底へ突き落すはずだから。

「しょーがないなぁ。じゃ、立って。あっちに行くよ」

わたしは立ち上がって、ペニスに着けてあるリードを引っ張ってやった。

内田を連れて行ったのは、公園の奥のバラ園だった。申し訳程度の小さなバラ園だけど、真ん中に大きな八角形のパーゴラと広めのベンチがあるのだ。

(誰もいないといいけど……)

夏なので恋人たちがいるということも考えられたが、深夜なのとたぶん蚊《か》を嫌って、誰もいなかった。

照明も近くにないので暗いから、好都合だ。

(いい香り……)

バラは五月のものと思われがちだけど、そうでもない。野生種に近いオールドローズに関しては春先の一季咲きが多いのだが、現代の改良バラのほとんどは四季咲きといって、冬まで返り咲いているのだ。

夜のバラ園も、なかなかきれいだった。香りに関しては、夜のほうが強まるような気さえした。

「いいところでしょ？　こんなところでお散歩デートなんて、本当に幸せだね……」

内田のペニスを紐で軽く引っ張りながらそう言ってやる。返事なんて求めていない。

(本当はわたしだって、一生愛せるマゾ男とこういうところでお散歩したいけど……きっとそれは叶わない夢なのよね)

そう思うと、美しいバラもその香りも、なんだか虚《むな》しく、切ない。

わたしはパーゴラの真下のベンチに内田を寝かせた。

数人が座ってバラを見上げられるように、真ん中にテーブルが無いタイプの、正方形で背もたれのない大きめのベンチなのだ。二畳くらいあるだろうか。大人が二人乗っかるくらいはまぁ何とかなる。

リュックから虫よけスプレーを取り出して内田の全身にかけてやり、自分にもたっぷりかけた。今日は最初からお散歩プレイの予定で、持ってきていたのだ。夏の野外セックスの必需品だ。

「うぐぅー、う、うぅぅぅ」

内田が苦し気に呻いている。仰向けにされたので、腕が痛いのだろう。わたしはリュックから抱き枕を取り出して背中に入れてやった。腕の間を通るようにしてやると、腕が浮いて苦痛が減る。そうすると今度は、腰を持ち上げる形になるので、ちょっと突っ張ってしまい、

「うーっ、うぅっ、ふぅぅぅ」

　今度は貞操帯が食い込んで、かなり痛むのだろう、太腿を上げようとしたり、身を捩ったりしている。

「痛いんだねえ。でも、それって勃起してるからだよ？　それが収まったら痛くないのに。内田が淫乱でスケベだから痛いんだよ」

　意地悪を言いながら、レインコートの前を開け、まずは棒周りの金属を外してやる。根元はロープで縛ったままだけど、少しは楽なはずだ。

　そしてショーツを脱ぎ、内田のマスクを外すと、わたしの淫汁でびしょびしょの部分が鼻と口に当たるように頭から被せてやった。濡れた部分で鼻が塞《ふさ》がると苦しいのか、頭を振っている。わたしは内田の膝を両手で広げるようにしながら、ヌルヌルの穴の入り口をペニスの先に軽く押し付けた。

（わ。熱い）

　こちらも濡れているのだが、内田のペニスからもかなりの汁が漏れていたのだろう、かなりヌルヌル、ベトベトになっていた。おまけにかなり熱くなっており、

（これじゃ苦しいはずだよねえ……）

　そう思いながら、わたしはそのままグイッと腰を落とした。

「ひぐーっ、うぅーっ」

内田が仰《の》け反《ぞ》り、両脚をバタバタさせた。

「ダメだよぉ、足を動かしちゃ。邪魔!」

わたしは仕方なく一度ペニスを抜いてベンチから下り、リュックから革ベルトタイプの拘束具を取り出した。内田の両足首につけ、紐を伸ばしてベンチの足にとりつける。内田は腰を上げた状態で、人の字に拘束された状態になった。

男が暴れ出すと、わたしが手で抑えてもダメなので、こういう場合は拘束することにしている。理由は単に、わたしが快楽を得るのに邪魔だから。

内田はもう呆然自失《ぼうぜんじしつ》の体で、足を拘束している間は大人しかった。下手《へた》に抵抗すれば放置されるかもしれないという恐怖からだろうか。どちらにしても、調教の成果が少しずつ出てきているような気がする。

わたしは安心して、内田の上に跨った。ガチガチに勃起したペニスの竿を手で擦ると、内田が呻く。ビショビショのショーツを顔に押し付けるように押さえてやると苦しがる様子も素敵だ。

拘束済みなので自由にできる。

わたしは内田のペニスに顔を寄せ、亀頭をカプッと、口に含んだ。そのまま左手の指先でペニスの根本の拘束を撫で、右手で竿を握り擦り上げ、そして熱くなっている亀頭の先端をチロチロと割れ目に沿って舐めながら、そうっと舌を差し込んでやった。

「ふぅぅうん、ふぅぅうん、うふぅぅぅぅ……っ」

内田はまるで女の子みたいなよがり声を出し、自由にならない足を必死にバタつかせ、縛られた上半身を持ち上げるようにしながらバタバタしていた。

「ひぁあっ、くぅーっ」

内田は身体をブルブルと震わせ痙攣《けいれん》し、透明の汁を多めに噴出させ、ガクッと一瞬力が抜けた。口の中がネバネバする。

「あ、またイっちゃった？」

どうやら深めのドライオーガズムに襲われたようだ。でも、精液を出したわけじゃないから、勃起は続いている。

「じゃ、続けるね」

「んひぃー、うあ、うあぁぁー、うあへぇーっ」

やめて、と言っている感じ。わかるけど、もちろんやめない。だって面白いんだもの。イッた直後なのにペニスを弄《いじ》られるのはつらいのだろう、暴れたが、もちろん許してやらない。お尻に嵌めたバイブを振動させ、さらに舐め続けてやる。しばらくすると、またガクッと身体が沈む。でも今度は汁が出て来なかった。

「ねえ、またイッたでしょ。でももう、水分抜けちゃったのかなぁ……ってことは、めちゃめちゃ精液、濃くなってるんだろうねえ」

口を離し竿を撫でながら言ってやると、内田は荒い息を吐きながら時折ビクンビクンと身体を震わせていた。目が虚ろだ。

(さすがにもう限界かな？　じゃ、そろそろ……)

わたしは再び内田に跨った。

(はー。やっと、気持ち良くなれる……)

内田のペニスの根本を軽く触る。ロープが食い込んでいる。かなりの怒張《どちょう》。当然、ガチガチに硬い。

「ねー。内田はおじさんだから、こんなに硬くなったの、十七才の時以来じゃない？　すごいよぉ。おじさんでもこんなに硬くなるんだねえ？　あぁぁぁっ……いいっ」

熱いペニスを身体の最奥まで沈めるように腰を落とす。ずっと我慢していたから、思わず口の端から涎が零《こぼ》れてしまった。

(ああっ、気持ちいいっ……)

動くたび、粘りのある淫汁同士が絡《から》まって、ぬちゃぬちゃといやらしい音を立てている。

「うあーっ、うぁあっ、うっうっ、あぅぅーっ」

内田の喘ぎ声が心地良い。

夢中になって腰を上下させる。オナニーでは味わえない生のペニスの感触……。内側の気持ちいい部分に擦りつけ、抉《えぐ》るように当てながらずりずり動かすと、すぐに内側がヒクヒク痙攣しだしてしまう。

(あっ、ダメっ、すぐにイっちゃうよぉ)

わたしだって我慢していたのだ。慌てて一瞬動きを止めて耐える。ブルっと身体が震えた。内田に跨ったまま首を後ろに垂れさせるように仰向けになると、パーゴラから垂れ下がるマゼンタ色のバラの花が降り注いでくるような感覚に襲われた。

目の端からなぜか、涙が零れた。

(夢イキしたときより、きれいかも……。最高の快楽を感じると、なぜか体中のいろんなところから液体が出て来ちゃうんだよなぁ……悲しくなんか、ないのに……)

わたしはもう一度ゆっくり、腰を動かし始めた。そしてゆっくりと倒れ掛かるように、内田の上に寝そべる。そして内田に顔を近づけ、耳元で囁いた。

「許してあげる……いっぱい、いーっぱい、出すんだよぉ……」

内田が赤い目で見つめる。わたしはいったん身体を起こし、挿入状態のまま、内田のペニスの根元や玉袋を縛っているロープを解いてやった。

そして身体を押し付けるようにしながら、言葉もなく夢中で、腰を動かした。

「あぁっ……」

熱い、熱い、すごく熱い。ひと際ペニスが膨らんだような気がして、あまりの気持ち良さに思わず
「んはぁぁーーっ」

声が出てしまった。

子宮口にペニスが届いているのがわかる。お腹の奥がギュウッと何度も引っ張られ、ブシュブシュと勢いよく淫汁が落ちていく。オシッコも漏れそうだ。

(すごいっ……すごいよぉっ……奥までぐいぐい入ってくるぅっ)

内田も自由にならない足腰を、拘束を引きちぎるかと思うくらいの勢いで暴れながら動かしている。

「いいっ、すごくいいっ、イッちゃうよぉっ」

ヴァギナの奥がぎゅうっと狭くなり、まるで内田のペニスを掴《つか》んで離さないかのようにビクビクと何度も痙攣した。

「ぐおあーっ、んぉっ、ふぐぅーっ、んおおおーっ」

直後。内田が雄たけびを上げながら腰を突き上げたその瞬間。濃くて熱いネバネバした精液が、わたしの体の奥に向かって噴射された。

「あぁっ、あぁぁぁーっ」

それは一度だけではなく、何度もあった。我慢に我慢を重ねた挙句の濃い精液、溜まりに溜まったマグマが、何度も噴き上がり、そして……そのたびに激しい痙攣が起こり、最後には……静まった。

内田も呆然としていたが、わたしもぐったりと内田の上に身体を投げかけた。身体の奥から、内田の精液がべっとりと流れ出て、二人の間に広がってゆく。

そんな状態なのに。

そのときにわたしが感じたのは、ふわりとしたバラの香りだった。激しくパーゴラを揺らしてしまったせいで、たくさんの花びらが散りかかってきているのだ。

こんな二人の上にバラの花びらが散っているのが何だかおかしくて、わたしは内田の胸に頬《ほお》を当てたまま、しばらくの間くすくす笑っていた。

専務

ちょうど、お昼休みが終わるころ。

「ねー、大阪支社から出張で来てる古賀《こが》専務って見た目がいいよね。ナイスミドルって感じ」

「なんか最近、外資系の食品メーカーからヘッドハンティングされて来たらしいよ。だから雰囲気が違うのかなぁ？　洗練されてるっていうか。ほら、俳優の……Nに、似てるよ」

「あ、似てる！　まぁでもきっと奥さんも子供もいるよね」

「何考えてるの？　あれくらいの年ならいるに決まってるじゃない。下手《へた》すると子供なんかとっくに成人してるよ。だって五十代でしょ、若く見えるけど」

女子トイレで化粧直しをしていると、わたしより十歳くらいは若い、二十代半ばの派遣社員の女性たちがしゃべりながら入ってきた。トイレというのはどうでもいい噂《うわさ》話が耳に入ってくるところだ。

（へえ。そんなカッコいいおじさん、うちの会社にいたっけ？）

しばし考えてしまった。社内の男の見た目の良しあしにはあまり関心がないのだが、そんな話を聞けば少しは気になる。

（古賀専務……？　知らないな）

勤めている会社は老舗《しにせ》の食品メーカーだ。

全国各地に支社や営業所があり、関西方面のみの移動だけで過ごしたいという社員は大阪支社を中心に定年まで過ごすものもいるので、最近よそから来たという専務が大阪支社に常駐しているのだとすれば、見たことがなくても不思議ではない。

「わ。横山《よこやま》さん、そのブーティ可愛いですね！　もしかしてルブタンですか？　お洒落《しゃれ》！」

普段はほとんど接点のない子たちなので、いきなり話しかけられるとは思っていなかった。

「ありがとう。お気に入りなの」

笑顔で答えた。わたしは女同士の付き合いで無難《ぶなん》な対応をすることに関してはプロの域に達していると思う。三十代も半ばになったらみんなそうかもしれないけれど。

今日の服装は、チャコールグレーのスーツに白シャツという地味《じみ》な出社ファッションに、ヒールの高い黒のブーティと黒タイツを合わせている。いつもと比べて微妙な違いではあるけれど、確実に『ハレの日』感があるそこに気がつくなんて、

（やっぱり女子は敏感だなあ）

内心、舌を巻いてしまった。

普段はローヒールのパンプスだ。ヒールの高いブーティなんか履《は》かない。でも、今日は特別。

黒タイツは、膝丈《ひざたけ》スカートを穿《は》いていると見えない太腿《ふともも》の位置にバラの花模様が入っている。そこだけ網タイツになっており、たくしあげれば実はけっこうセクシーな代物《しろもの》なのだ。もちろん会社ではそんなこと、しない。

先にトイレを出た。あの子たちはわたしの噂話を始めたかもしれない。バツイチで独身ってことも知られているかな。もしかしたら気の毒がられているのかも。

さっきの話にちょっと興味を惹《ひ》かれつつ廊下に出ると、少し先を男性社員が二人で歩いていた。ひとりは見慣れないおじさんで、ダークブルーの仕立てのよさそうなスーツを着ている。

「関西限定の商品……コンビニで……利益率……そのあたり……かな、ねえ、古賀専

務」

　会話を聞いていたわけではないのだけど、最後の『古賀専務』だけ耳に飛び込んできた。

（ん？　古賀専務？　それってさっき噂されてた人だよね？　俳優のNに似てるっていうイケメンおじさん）

　ちらりを目線を走らせたけれど、二人は別方向に進んで行ってしまい、背格好《かっこう》と横顔くらいしか見えなかった。

（あのダークブルーのスーツの人か。ふーん。確かに、スタイルはいいみたい）

　その後は仕事に紛《まぎ》れて、すっかり忘れていた。


　帰り道、新宿《しんじゅく》駅で降り、朝の出勤時にコインロッカーに預けておいた大きめのトートバッグを出した。トートバッグの中身はプレイグッズだ。

　東口《ひがしぐち》を出ると少し歩いて、店の前にテーブルがいくつか出ているオープンタイプのカジュアルなバーに入った。

　生ビールを頼みそれを飲みながら、メールをチェックした。やっぱり届いている。さっそく添付画像を開いた。

そこには裸の男が写っている。ただの裸ではない。女性用のショーツを身に着けており、その中のペニスには貞操帯《ていそうたい》がガッチリ嵌《はま》っている。要するにかなり変態だ。首から下のみの画像なので顔はわからないが、スタイルのいい男であることはわかる。

『里美《さとみ》様、わたしはお言いつけ通り一か月間オナニーをしておりません。今日はご指示通り、女性用のピンクの下着を朝から身に着けておりました。どうか、どうか今夜会ってください、お願いします』

里美というのはわたしが本名を名乗りたくないときに使う名前だ。

年齢は五十代らしいから、かなり年上なのは確実。とはいえど、わたしは何歳だろうが、マゾ男はマゾ男として扱う。

メールの男はタツヤと名乗っている。たぶん嘘だろうけどそれはお互い様だ。タツヤとは二か月くらい前にSM専門の出会い系サイトで知り合った。

仕事が忙しくリアルでの男探しがままならず欲求不満だったので、面白半分で登録し、マゾ男を募集してみたのだ。会うつもりはなく、メール調教希望だった。その中で気が合いやりとりが続いたのがタツヤだった。

タツヤは決まった女王様がおらず、野良《のら》の奴隷なんです、と語っていた。

(こういうの、楽っちゃ楽だけどね。変に遠慮することもないし)

次々に女王様を変えたがるフリーの奴隷はあまり好きじゃないけど、遊びならばアリかなと思う。

タツヤは関西在住で、貞操帯をつけさせて射精管理を行い、その上で毎日ひとつ課題を与えた。今日の課題は女性用のピンクのショーツを穿いて一日を過ごすこと。

　プライベートにつながることはお互い明かしていないけれど、住んでいるところに関しては嘘をついても仕方がないので、関西というのはおそらく本当なのだろう。そんなタツヤに、わたしは二週間ほど前から会いたいと言われていた。日にちも指定で、今日が良いと。

(出張か何かのついでかな?)

どうしようか迷っていたけれど、話の内容からそれなりにまともな男であることは感じていたし、一か月間オナ禁《きん》をし、メール調教に真摯《しんし》に応え、証拠にと必ず画像つきのメールを送ってくる情熱に段々とほだされてきていたので、今日は会えると思う、と伝えておいたのだ。

脚フェチと聞いていたので、喜んでもらえるようにと網タイツにブーティを履いてきたし……。

(今日は金曜日。明日は会社休みだし、楽しんじゃおうかな)

場所を新宿にしたのはラブホテルが大量にあるからだ。デート……ではないけれど、やっぱりウキウキする。

(それにしても賑《にぎ》やかだなあ、今夜は)

十月も末だ。街の飾りつけはハロウィン一色になっていて、一番近い週末とあってかなり混みあっている。渋谷《しぶや》にはもちろん、近づけない。

返信した。

『タツヤは本当にド変態だね。どんな目に遭《あ》ってもいいの？　どうせこのメールも乳首を弄《いじ》りながら書いたんでしょう。おちんちんは貞操帯嵌っててダメだから、乳首しか触るところないもんね。さて、変態マゾ男タツヤに最後の指令を与えます。ドラッグストアで浣腸《かんちょう》と絆創膏《ばんそうこう》を買って新宿駅に行きなさい。そしてトイレで全裸になって、乳首に絆創膏を貼りなさい。お前は最低のマゾ男だからバッテンに貼るんだよ。乳首もわたしのものだから、勝手に触れないようにするの。わかった？　それから浣腸して、お腹とお尻をきれいにしなさい。では、証拠の写真を送ってね』

ビールを飲みながら通りを流れる人並みをぼんやりと眺《なが》めていると、スマホがブルっと震えた。

タツヤからで、添付画像はトイレの狭い個室内で乳首に絆創膏を貼った裸の男だった。

『里美様、ご報告させていただきます。ここは新宿駅構内のトイレです。人の出入りが激しい場所ですがなんとか指令を果たすことができました。浣腸ですが、実はすでに済ませております。里美様にご命令をいただけたことが嬉しく、さっきからずっとガチガチに勃起《ぼっき》しております。どうか会ってください、お願いします』

『わかりました、会いましょう』

近くの待ち合わせ場所を返信し、立ち上がった。


わたしは横から声をかけられた。外見や服装はメールで伝えていた。

「あの……里美さん、ですか？」

「はい。タツヤさん？」

二か月間毎日、変態メールを送りあっていたわけだけど、会うのは初めてなのでそれなりに緊張した。もともとのわたしは人見知りするタイプなのだ。

そこにいたのは、想像よりはるかに見た目の良い中年男だった。仕立ての良さそうなダークブルーのスーツを着こなしており、いかにもナイスミドル、という感じ。どうみても安サラリーマンという雰囲気ではない。ちょっと見《み》、マゾには見えないというか、絶対にマゾには見えない。女性にはかなりモテるのではないだろうか。

まぁでも。経験上、マゾ男は清潔感のある、きちんとしたタイプが多いということは知っている。彼らの多くは巧妙に自分の性癖を隠して生きており、彼女や妻にはその片鱗《へんりん》も見せていないことが多い。

「あの……。とりあえずどこかでお話を……。お茶でもいかがですか？」

タツヤに言われ、頷《うなず》いた。

状況を考えたらそれどころではないような気もするのだが、わたしもそれほどこういう出会いに慣れているわけじゃない。会ったばかりなのに即ホテル、というのもなんだか……。というか、それよりも。

（この人、素敵だ。俳優のNにちょっと似てる。こんなに素敵なのに、マゾだから普通のセックスじゃ満足できないんだろうなあ。奥さんと娘がいるって、そういえばメールに書いてあったけど……。っていうか、この人……なんか見たことがあるような気がするんですけど……このスーツにも見覚えがあるような……）

並んで歩きながら、頭の中でぐるぐると記憶が巡《めぐ》った。

（もしかして……まさか……でも……。似てる……似てるよ。昼間トイレで噂されてて、そのあと廊下で見た人に。横顔も背格好もそっくり。髪型だって……。スーツも絶対、同じ……）

「あの……。東京へは、出張で？」

「はい。そうです。大阪から来ました。来週頭までこっちにいるんですけど、どうしても今日里美様にお会いしたくて……」

（こ、これは……）

ビンゴ。たぶんビンゴ。

でも、確認しなきゃ。

タツヤをコンビニに誘った。そしてさりげなく、自社のレトルト食品を手に取り、軽い調子で言ってみた。

「このレトルトのお総菜《そうざい》、けっこう美味《おい》しいんですよね」

「あ、そうですか。これ、関西限定で別の味のも出てるんですよ」

さすがに『弊社《へいしゃ》の商品をお褒《ほ》め頂きありがとうございます』とは言わないが、嬉しそうな顔をしているし、それにその関西限定品というのは、来週発売なのだ。

（間違いない。うちの会社の人間だ。……っていうか、専務……ってことよね？）

戸惑う気持ちと、お腹を抱えて笑いたいくらいの高揚感《こうようかん》が同時に押し寄せてきた。

（ヤバい。すごいのが来ちゃったぁ！　こんな獲物滅多にないよ！）

わたしは釣りをやらないが、とんでもない大物を釣り上げるとこんな気分になるのだろうか。これからどう責めてやろうか考えただけでテンションが爆上がりだ。そうと決まったら、お茶なんか飲んでる場合じゃない。こっちだってその気で会っているのだ。

「タツヤ、お茶でいいの？」

「え？」

会った瞬間は緊張もあって一瞬敬語になってしまったけれど、よく考えたら必要ない。少なくとも今は。タツヤはすぐに乗ってきた。

「いえ、わたしはどこでも結構です。里美様が行かれるところへお供《とも》いたします」

「そう。わたしはお酒のほうがいいんだけど」

「では、そのようにしましょう」

少し歩き、目についた個室の居酒屋に入った。予約も無しに入れたのだから大した店ではなく、並んで座れる席にしたが、狭くてぎゅうぎゅうという感じだ。

何も食べたくはなくて、さっきビールを飲んだのでレモンチューハイにした。タツヤはビールを頼んでいた。

「今日は本当にうれしいです。里美様にお会いできて。想像通りきれいな方で感動しております」

（ふん、会社じゃわたしのこと、一瞥《いちべつ》もしなかったくせに。それにしてもうれしい。まさか社内で話題の、外資からヘッドハンティングされてきたナイスミドルを調教できるなんて！）

「ふふっ。さすがマゾ、お世辞《せじ》が上手ね。わたしもうれしい。タツヤみたいな変態マゾ、なかなかいないもの。それにしても、想像したよりずっと素敵でびっくり。俳優のNに似てるって言われない？」

「あ、はい。たまに言われますけれど、わたしなど……。それよりも、里美様のおそばに来られただけで、もう限界です」

「限界って言っても、出せないじゃない。貞操帯、ちゃんとつけてるよね？」

小声で言うと、タツヤは顔を赤くしながら何度も頷いていた。

「なら良いけど。勝手にイッたら、ただじゃおかないからね。あと、一応希望を聞いておこうかな。どういうプレイが好きなの？」

「お任せいたしますが、犬になりたいと言いますか……わんわんプレイは好きです。それと、里美様のおみ足が素敵で。もう、会ったときから虜《とりこ》になっております」

「わんわんプレイね。気に留めておくわ。ちなみに足はどこが好きなの？　足首？

太腿？」

「足は、もう全部です。全部好きなんです」

「ふーん、そう。全部好きだなんて、本当に変態だね。じゃ、いいもの見せてあげる」

そう言いながら、スカートを太腿の上までずり上げた。

「あ、あ、里美様、素敵です。あ……」

タツヤがいきなり太腿に縋《すが》りつくようにして頬《ほお》ずりし始めたので少し驚いた。スリスリと犬のように甘えてくる。しばらくそうさせておいて、

「ちょっと。しつけがなってない犬はお仕置きだよ？」

そう告げると、

「は、はい、申し訳ございません。ああでも、なんて柔らかい……。我慢できませんでした。どうかお許しください」

謝るタツヤを見下ろしながら、トートバッグの中に入っている道具を思い浮かべ、
わたしもやっと緊張が抜け、興奮してきた。

見た目のいい中年男。出会い系で知り合ったと思えばそれだけでも美味しいのに、
おまけにうちの会社の専務だなんて！　そんな相手をいたぶれる機会なんて、この先
一生、無さそうな気がする。

（ヤバい、興奮する……）

さっきからゾクゾクしっぱなし。

居酒屋を出ると、速攻でホテルに向かった。すぐそばにホテル街があることはわかっていた。のだが……。

（これは、まずいかも……）

「どこも、空《あ》いてませんね」

タツヤが隣で、途方に暮れたように言う。

ハロウィン前の最後の週末。よく考えたら、ラブホテルが混んでいるのは当たり前かもしれない。

（こんなことなら、居酒屋なんか寄るんじゃなかった）

そう思ったけど、後の祭り。

時刻は九時近い。電車で帰ることを考えたら、そろそろプレイ場所に移動しなければ。焦《あせ》ってきた。

「困りましたねえ。どこかに入って、順番待ちします？」

タツヤはそんなことを言ったが、順番待ちなどする時間がもったいない。

（あそこなら、大丈夫かも）

ふと、いくらなんでも鬼畜《きちく》かな？　という考えが頭に浮かんだ。

（入れるはず。でも、さすがにヤバいかな。いや、むしろ、最高かも……）

さりげなく行先を変えた。

ヘッドハンティングされてきて、普段は大阪支社にいるタツヤにはきっとわからないだろう場所があるのだ。

タクシーを止めて乗り込み、運転手に新宿中央公園まで、と告げた。

道が混んでいるのでそこそこ時間がかかるはず。タツヤの手を握り、そのままスカートの中へ滑り込ませた。嬉しそうなタツヤ。

（ふふ。どこに向かっているかも、知らないで……）

わたしは優しく言った。

「わたしの知ってるところに行きましょう。案内します」

「はい」

「ところで、タクシーに乗ったのはね、タツヤに支度《したく》して欲しいからなの」

「支度？」

「そう。まずはこれをつけて。あと、スーツの上にこれを着て」

そっと、アイマスクと黒いレインコートを手渡す。タツヤは素直にそれらを身に着けた。運転手は気が付いたかもしれないけれど、当然のごとく知らんぷりだ。

(外でプレイするかどうかわからなかったから、レインコートまではいらないかなと思ってたけど、持ってきて良かった)

アイマスクをつけているのはいかにも怪しいので、一見わかりにくいようにフードつきのコートを着せたかったのだ。

きっとタツヤは、ホテルが空いていないからわたしが野外プレイに舵《かじ》を切ったと思っただろう。まずはそれでいい。

公園付近まで来ると、

「どのへんにしますか？」

運転手さんに尋ねられた。わたしは少し先の地点を指定した。

「すみません、信号から右にお願いします」

目的のビルの裏につけてもらった。

ここはうちの会社で持っている貸しビルのひとつで、以前は営業所も入っていたけれど本社内に移転してしまったため、今はワンフロアだけ外部との会議や、試食会で使う程度の場所として使っている。だから、夜は誰もいない。わたしが偶然カードキーを持っているのは、つい先日ここで会議があったからだ。

裏口から入った。夜の出入りは少ないはずだが、万一誰かに会ったらと不安になる。監視カメラはあるものの、カードキーで入っているので問題はないはずだ。

「ここはホテルじゃないけど、レンタルルームみたいなところだよ」

外ではなく建物内に案内されたということはわかると思うので、安心させるためにそう言った。目隠しさせたのは、社名が書いてあるプレートなどを見られたくなかったからだ。

エレベーターで七階まで上がる。廊下は常夜灯《じょうやとう》がついており真っ暗ではないが、かなり薄暗い。誰もいないことを確認しつつエレベーターから出た。目隠しさせているので、手を取ってゆっくりと進む。古いビル独特の匂いがする。床は薄いカーペットだ。

(良かった。誰もいない)

会議室に入った。それほど広くはなく、十人くらいで使用する部屋だ。真ん中に大きなテーブル、それに合わせて椅子が十二、三個ほど。周囲には加工食品のサンプル品が入った段ボールがいくつか置かれている。

外部から来たタツヤはおそらくここがどこなのかわからないはずだが、とりあえず最初はサンプル品などを見られたくない。ダンボール箱は商品名が書かれているので、適当にカバーなどをかけて隠した。

照明はいまのところ薄暗いままにしている。常夜灯のおかげで程よい明るさだ。空調はすでに消されているけれど、暑くも寒くもない時期だから大丈夫。

「タツヤ。服を全部脱ぎなさい。あ、ピンクのショーツはそのままだよ」

「は、はい」

目隠しをしたままなので、脱ぎにくそうなところは手伝って脱がせた。せっかくの高級スーツが破けたりしたら気の毒だ。脱がせたスーツやシャツは、ハンガーがないため、皺《しわ》にならないように椅子にかけてあげた。

これでタツヤは、ペニスに貞操帯をつけ、乳首には絆創膏を貼り、ピンクのショーツを穿いた変態ナイスミドルとなった。

（あぁもう、最高！　大好き……。いっぱい、いじめてあげる！　さて、目隠しを外して良いかな。商品名さえ見なきゃ、気が付かないだろうから。あとでここがどこか教えてあげるのが楽しみだなぁ……）

目隠しを外してやり、テーブルの上に置いた。そしてバッグの中から取り出した首輪を見せ、にっこりした。

「つけてあげるね。タツヤは犬になるんだよ。うれしいでしょう」

「はい、ありがとうございます」

赤い首輪をつけリードに繋《つな》ぐと、タツヤはさっそくM字にぺたりとしゃがんで犬の

お座りのポーズを取り、舌を出した。

「いい格好だね。写真、撮ってあげる」

スマホで撮影してやった。嫌がるかと思いきや、なんと喜んでいる。

「わんわん、わんわーん、はっはっはっ」

(あらら、専務なのに大丈夫？　どうやら、これは完全に慣れてるな……)

そう思いつつ、わたしは傍《そば》にあった椅子に腰かけ、骨のおもちゃを取り出して少し先に放った。

「ほら、拾っておいで」

何度か繰り返した。タツヤは意気揚々と骨のおもちゃを咥《くわ》えて戻ってくる。本当にうれしそうだ。わたしがからかうように笑うと、喜んで尻を振り、くるくると回って見せることまでする。

(ま、誰がマゾでも不思議ではないんだけどさ……妻も子もいる、うちの会社の専務がねえ……しかも鳴り物入りでヘッドハンティングされてきた優秀な人ときたもんだ……)

自分も人には言えないわけだが、わんわんプレイに興じるナイスミドルの姿を見ていると、ついついそう思ってしまう。

(わたしはそろそろ、退屈してきちゃったな。さて……)

本腰を入れることにした。

「あの……里美様、犬にご褒美《ほうび》をくださいませ」

「ん？　そうね。じゃ、あげる」

わたしはお座りを決めているタツヤの鼻先でブーティーを履いたつま先をブラブラさせた。

「これ、口で脱がせて。できるでしょ？　犬なんだから」

「ありがとうございます。がんばります」

(ふふ。ただでさえ楽しいのに、うちの会社の専務に口で靴を脱がさせるなんて、ほんと楽しすぎる)

ブーティは編み上げタイプになっている。タツヤは紐《ひも》の先を口で引っ張り解くところまではなんとかがんばったけれど、ガッチリと固く編み上げてあるのでそれだけではビクともしない。そもそも海外製のブーツというのは非常に脱げにくい構造になっているのだ。

じれったく思ったのだろう、タツヤは手を使って脱がそうとした。

「ダメよっ」

わたしは爪先を動かしてタツヤの手を振り払い、軽く肩のあたりを蹴《け》った。

「でも里美様、このままではどうしても無理です」

わたしは立ち上がり、バッグの中からチェーンつきの革手錠を取り出した。

「言うことが聞けないの？　そんなしつけのできていない犬は、こうするしかなさそうね」

タツヤの背後に回ると、まずは後ろ手で拘束した。

これは特注品であり、マゾ男に痛みを感じさせないよう腕が当たるところにはクッションが入っているが、かなり頑丈《がんじょう》なため多少暴れても外すことはできない。

「さ、里美様ぁ、これでは本当にできませんよう」

もう一度腰掛け、跪《ひざまず》くタツヤの鼻先につま先を突き付ける。

「さ、ちゃんと口でやるのよ。お前は犬なんだから」

「う、う、無理ですぅ」

タツヤは情けない声を出しながらも口でがんばっている。そのうちに、タツヤがブーティーの革部分に歯を立てようとしたので叱《しか》りつけた。

ちょっとした落ち度を指摘し、追い詰める。マゾ男は案外こういうシチュエーションを好むものだ。貞操帯の中でペニスが固くなり、ぎちぎちになっているのが見える。

（五十代半ば？　もしかして後半かな？　ってことは、おちんちんがガチガチになりにくいと思うのよね。最後にわたしが楽しむときに一番ガチガチになるように調節しなきゃ！）

頭の中でプレイ計画を練りつつ、語りかけた。

「大事な靴に傷をつけるなんて、ほんとにダメな犬ね。これはちゃんとお仕置きしなきゃ。……ところで、ねえ、タツヤはこれまで何人くらいの女王様と遊んだの？　いつも出会い系？　奥さんとはこういうことするの？」

ちょっと興味があったので聞いてみた。

「そんなに多くありません。大阪に好きなクラブがありまして、そこのお店でプロの女王様の調教を受けておりました。出会い系はほとんどが冷やかしで、お会いできましたのは実は里美様が初めてなんです。妻とはこんなこと、できません。リアルではもちろん知り合えませんし」

「なるほど、奥さんとは普通なんだ。じゃあ、常に欲求不満なんじゃない？」

「はい。ですから今日は本当に嬉しくて」

「そう。わたしも同じよ。いっつも、欲求不満。だから今日はわたしもめちゃめちゃ、楽しむつもり。ところで今の話が本当なら、どうやらタツヤはまだ発展途上ね」

「どこが、ですか？」

「そろそろお遊びはおしまい。わたしはプロの女王様じゃないから、自分が気持ち良くなれないプレイはできないの。ってわけで、これからタツヤを、本当のマゾに堕《お》としてあげるね。プロの女王様はタツヤが気持ちいいようにだけしてくれただろうけど、わたしはそういうわけにいかないから。……でもね、作り物の女王様じゃくれない、本物の快楽を今日は味わわせてあげる」

『マゾ堕ち』という言葉がある。

わたしから見れば『堕ち』なんて言い方は当てはまらないと思うのだけど。なぜなら、彼らはとても幸せそうだから。

バッグから拘束用のグッズやロープを取り出した。

「話はもう、おしまい。さ、とりあえずここに座って」

わたしはそれまで座っていた椅子から立ち上がり、そこに座るよう促した。ごく普通の、いわゆるパイプ椅子。背もたれと座面は少しクッションが入ったビニール張りで、ひじ掛けなどはついておらず、パタンと畳んで片付けできる構造の、ごくごく一般的なもの。

「えっ。里美様、どうかお手柔らかに……」

「まだわかっていないようね。犬にはそんなことを言う権利はないのよ。タツヤは犬なんでしょう？」

床にしゃがみ込んでいるタツヤを見下ろしながらそう言った。


(よしっ、できた。はー、疲れた)

タツヤを椅子に拘束し終え、わたしは持ち込んだペットボトルの水を飲んだ。人をちゃんと縛るって、けっこう疲れるのである。

「あぅ……あがぁ……」

両脚は開かせ、ロープで椅子に拘束。腕は手錠を嵌めたまま椅子の背もたれの後ろに垂らさせ、さらにロープで固定し、胴体も椅子からずれないように拘束。その上でボールギャグを嵌めた。

「ねえ、これ、なんだかわかる？」

わたしはタツヤの目の前で、鼻フックをブラブラさせた。黒い紐の先に、フックがついている簡易的なもの。

「んぁ……あぁ」

「見たことくらい、あるよねえ。使ったことある？」

タツヤは首を横に振った。

「じゃ、つけてあげるね」

「あぁぁ」

鼻の穴に引っかけ軽く上に引っ張ってやると思った以上に嫌がってくれた。そのま ま紐を首の後ろのボールギャグのベルトに止める。跡がついたらかわいそうだからそ こまできつくはしないが、見た目が醜《みにく》くなるので羞恥心《しゅうちしん》を煽《あお》ることができる。

「もっと、あるんだよぉ」

もう二個取り出して見せ、今度は鼻の穴を横に広げるようにサイドに引っかけ、同 じようにボールギャグのベルトに止めると、だいぶ鼻の穴が大きくなり面白い顔にな った。

(この顔も最高だなぁ。トイレで噂話してた派遣社員の女の子たちに見せてあげたい なぁ)

「ふふ。いい感じよ。初鼻フック記念に、撮影してあげる」

スマホで撮影しようとすると俯《うつむ》いた。さっきと違い、嫌だと思っているらしい。

「ほら、顔、上げなさいよ。もしかしたらいい年のおじさんなのにイケメンが崩れるのが嫌なの？　やだぁ、そっちのほうが恥ずかしいよぉ。俳優のNに似てるとか言われて、いい気になってるんじゃないよ、お前は奴隷犬なんだよっ」

わたしは無理やり顔を上げさせて撮影し、その画像を目の前で見せてやった。

「あへぇ……あへぇぇ」

ボールギャグのせいで言葉にならない声をあげているが、その下半身はというと、

（ふふっますます大きくなってるじゃない）

「変態だねえ。恥ずかしい顔にされたら、さらに興奮してきちゃてるじゃん。それじゃ、ちょっと弄《いじ》って気持ち良くしてあげるね。じゃーん、これは何でしょう。答えは……筆でーす！」

わたしは細めの絵筆を持つとタツヤの前に座り込んだ。ピンクのショーツをずらし、ワイヤー式の貞操帯の隙間《すきま》に絵筆を差し込む。こちょこちょとくすぐるように動かしてやると、ただでさえ苦し気に大きくなっているペニスがワイヤーの中でひくひくと動いた。

「んあっ、あぁぁ」

どんなに気持ち良くなっても、タツヤは自分でペニスを握ることができない。五十

代後半のおじさんも、一か月もオナニーを禁じられ、むちゃくちゃ溜まっている状態でペニスをイタズラされたら気持ち良さに爆発したくなるだろう。

(まだまだ、爆発させないけどね。あーヤバい。入れるの想像したら濡れてきちゃった……)

久しぶりのプレイが嬉しくて仕方ない。

貞操帯のワイヤーがあるので、筆が入るところのみをこちょこちょすることになる。竿部分でさえタツヤはビクビク感じていたが、どんどん筆をずらし、カリ首のあたりから鈴口を筆先でナデナデ、ナデナデ、してあげると、

「あへぁーひぃうーんぅ、ひあー、んふぅー」

言葉にならない悲鳴のような声を上げ、腕や足を必死で動かすので、椅子がギシギシいいはじめた。

「ちょっとぉ。暴れないで、少しは我慢しなさいよ」

暴れても手は止めず、クチュクチュ、ナデナデし続ける。タツヤの鈴口から透明な汁がどんどん溢《あふ》れ始めた。

貞操帯の根元がきちんときつめに嵌っており、精液が出せない状態であることを確認しながら亀頭を中心に筆弄りを続けた。焦《じ》らすように意地悪くクチュクチュ撫で続

けると、

「んふぉっ、んふぅ」

　タツヤが声をあげながら首をだらんと後ろに垂らし、ビクビクと痙攣《けいれん》した。その瞬間、鈴口から透明な汁がドプっと多めに出た。

（男の潮吹きってやつかな。精液出せないからね。溜まりに溜まってるから、これくらいの刺激でもすぐイっちゃうし。おもしろーい）

「ちょっとぉ。もうイっちゃったの？　精液出せないと何度もイケていいね！　マゾ男に生まれて良かったねえ」

「ん、んおぉっ」

　タツヤが苦し気に首を横に振る。気持ち良かったのは一瞬だけで、精液は溜まったままだから責め苦は続いているのだ。興奮したせいか、鼻水や涎《よだれ》もすごい。

「もー、やだ、めっちゃ汚い。ふふ、この顔もいいねえ、写真撮るよ！」

　笑いながら撮影するとタツヤは涙目になっていた。

　鼻フックにボールギャグをされ、鼻水や涎をダラダラ零《こぼ》しながら、ついでに貞操帯の先からもねっとりとした汁が垂れている。最高の一枚になった。

（専務、最高！　いいねえ。マゾ男のこういう顔が見たかったんだよねえ……）

「ほおいてぇぇおえあぃぃぃあうぅぅぅ」

ボールギャグの下から何かを言っているのがわかる。

(ほどいて、おねがいします、かな?)

後ろ手に嵌められた手錠をガシャガシャやってみたり、足をぐいぐい動かしてみたり。なんだか危険だ。

(もう二回くらい、ドライで抜いちゃおうかな? それより、いつネタばらししようか)

本気で暴れられると面倒なので、体力を奪うことを考えた。わたしはタツヤを縛るロープをさらに増やし、

(会社の床に涎だらだらっていうのは、ちょっとヤバいかな?)

もっとヤバいことをしているに違いないのだが……そんなことを考えて、バッグの中から日本手拭《てぬぐ》いを取り出してタツヤのボールギャグの上から被《かぶ》せる形で猿轡《さるぐつわ》にした。これなら涎が垂れないはず。

「ふうっ、ふううっ」

「タツヤがいっぱい涎垂らすから、これつけるね。あと、うるさいし」

「んうー」

「さて次は、だーいすきな乳首弄りしてあげるね！」

「ふうぅっ」

絆創膏の上から乳首をナデナデしてやると、貞操帯の中でペニスがギリギリと持ち上がってくるのがわかった。乳首も、絆創膏の下にあるのにビシッと立ち上がっている。

（やったぁ！　調教がうまくいってる。拘束も嫌いじゃないんだ。こう来なくっちゃね、専務！）

「タツヤは乳首だけでイケるんだもんね。そうメールに書いてたじゃない。あー、みんなにタツヤが乳首でイクところ見せてあげたいなあ。はーい、まずは絆創膏、剥《は》がすよー」

ぺりぺりと剥がす。中からだいぶ使い込んだ感じのタツヤの乳首が出てきた。

「何この真っ黒な乳首。淫乱マゾ男の証拠だね！　毎日毎日、おちんちん弄れない代わりに指でぐいぐいしてたんでしょ」

そう言いながらまずは右手で乳首をつまんだり撫でたりしてあげた。タツヤはふうっふうっとしきりに息音をさせている。喘《あえ》いでいるのだ。左手でも触ってやり、両手で両乳首を優しく撫でたあと、唇を寄せてそうっと舐《な》め始めた。マゾ男は礼儀の一環として、乳首や陰部の毛を剃《そ》っていることが多い。タツヤもそうしている。舐めやすくて助かる。

レロレロと舌を動かしながらまずは乳輪、そして中心へと向かっていく。乳首の皺《しわ》を一本一本なぞるように丁寧に舐めてやると、身を捩《よじ》って首を振り、感じていた。

「タツヤ、そんなに気持ちいいの？　可愛いねえ」

さらに、チュッと吸いついてやる。そして唇で咥え、舌先で扱《しご》くように舐めてあげると、タツヤはビクビクと腰を浮かせた。

「おふぅっ、ふぁぁぁっ」

イキそうなのだろう。顔が赤くなり汗が噴き出している。

「舐めるの、一度に片方しかできないもんねえ。こういうのも使っちゃう？」

ミニローターを取り出して、片方の乳首に医療用の紙テープで貼り付けた。軽く振動させ指で押し付けながら、さらに乳首を舐めてやると、

「う、う、んふーっ」

イキそうになっていたので、唇を放した。

「ふふっ、寸止めだよ！」

「んふぅぅ」

タツヤは切なげに身体をくねらせながら、おねだりのような表情を見せた。

「ねえ、貞操帯外して欲しい？」

「んふっ、んふっ」

タツヤは何度も首を縦に振る。わたしは笑顔で答えた。

「うんうん、わかった。いい子でいっぱい我慢したから、そろそろ外してあげようねえ。でもその前に……」

（まだまだこれからなのに、ぜんぜんわかってないなぁ……）

貞操帯で、ペニスの竿部分だけでなく根本も絞めているから、これを外してしまうと直ぐにイってしまう可能性がある。五十代半ば過ぎのおじさんをイかせてしまったらそれっきりだ。それじゃつまらないので、細めの紐を取り出した。

「んぁ？　あふぁっ、うぁっ」

わたしがやろうとしていることがわかったらしく、タツヤが声を上げて身体をバタつかせた。

「大人しくしなさい。だってこうしないと、すぐに出ちゃうかもしれないでしょ。それじゃつまらないもの。もっとイかせてあげるよ。あと何回、イけるかなぁ？　ふふ、もしかしておじさんにはちょっとキツイかもしれないけどね」

ペニスの根元を紐で縛りながら喋《しゃべ》った。萎《な》えないように、でも精液が出せないように微妙な強さで縛る。わたしは慣れているのでこれが上手い。痛みはないはずだ。精液が出せないというだけで。

「うあはぁぁぁ、あへぇぇぇ」

やめて、と必死に暴れているのが面白い。

縛り終え、その上でやっと、貞操帯を外してあげた。

「うわっすごい。ふふふ、腫《は》れてるみたいに大きくなっちゃってぇ。こんなに大きくなったの、久しぶりなんじゃないのぉ？　さて、まずはどうしようかな」

ここはホテルではないし自宅でもないため、わたしとしては本気で暴れられるとキツい。なので、できるだけ体力気力を奪う作戦が良いかなと思った。

バッグの中からオナホールを取り出し、タツヤの鼻先でブラブラさせた。ついでに。

（そろそろネタばらし、しちゃおうかな？）

「これだけ先っぽヌルヌルしてたら、ローションいらないね！　コスパがいいね、タツヤは。ふふ……。ねえ。味を追求したい、でも材料費や人件費、流通のコストを考えるとそうもいかない……消費者の視線は厳しく値段以上の価値を感じてくれなければ似たり寄ったりの加工食品なんて一番安いものに流れてしまう……各社同じような商品を開発しているし、どうやったら差別化を図れるか……ヒット商品なんて後だしジャンケンみたいなもんで、ヒットした後ならなんとでも言えちゃったり……美味しくてもヒットしない商品なんて実際、たーくさんありますよねえ。なーんてこと、今日は忘れて楽しんじゃいましょうね、古賀専務！」

タツヤ、もとい、古賀専務は、鳩が豆鉄砲《まめでっぽう》を食ったような怪訝《けげん》な顔をしている。そりゃ、そうだろう。

次に、段ボールに被せてあったカバーを外し、中からレトルトカレーを取り出した。その名も『スパイス万歳インドチキンカレー』これは全国発売予定のもので、まだ市場には出ていない。企画はわたしが所属するチームで行い、商品開発は近頃評判のいい外部の会社に委託し、完成させたものだ。ここ半年は通常業務の他にこれにかかりきりだったため、忙しかった。

「ふは？　ふううっ？　はぁっ？　はぁぁー」

古賀専務はおかしな声を出しながら腕や足を必死に動かしている。夢の世界から現実に戻されて、変態マゾの姿であることが急に恥ずかしくなったのだろうか。

「ふふ、古賀専務！　ねえ、びっくりしたぁ？　で、ここがどこだか、わかるー？ここはね、うちの会社の営業所だったビルなんですよぉ。今日昼間、本社で見かけましたよ。派遣社員の女の子たちからも好評でしたよ、ナイスミドルって！　そんな古賀専務がまさか変態マゾだなんて知ったらみんなびっくりするだろうなぁー」

みるみるうちに男が顔面蒼白になるところなど、滅多に見られるものではない。

かなり混乱しているようだけれど、それには構わず、さっそくオナホールで遊んであげることにした。

「ほらっ、破裂しそうなおちんちんに、これを被せるよぉ。いっぱいぐちゅぐちゅしてあげる」

「ふあぁっ？　あ、あぁめろぉぉぉ」

さんざん興奮させられ、ドライで一度イッたものの、一か月間溜めに溜めた精液が満タンのままなのだから、何を言われたってこのままで済むわけがない。

ジュコッ、ジュコッ、ジュコッ。

ジュコジュコジュコジュコジュコジュコ……。

やっと解放されたペニスにオナホールがまとわりついて、派手な音を立て始めた。

「ふぐぉーっ、あぁめろ、あめろぉ、ふぁあっ、がぁあ」

「どう？　気持ちいいでしょ？　写真もたくさん撮ったし、もう諦《あきら》めなよぉ。抵抗したって無駄だよ。あっ写真はもうクラウドに送っちゃったからね。あとで専務にも送信してあげる。仕事で使ってるアドレスにするぅ？　自分の会社でプレイなんて、マゾとしてはちょっと最高じゃない？　専務は今日の日を思い出して、この先何度も何度もオナニーするんだろうなぁ。最高のマゾ堕ち記念日になるね！」

「ふぁっふぁっ、あっあぁ、あぁぁぁぁ」

最初は抵抗していたけれど、ペニスを擦《こす》られ続け、とうとう快楽には勝てなくなったようだ。猿轡にしている手拭いにはすでに汗や涎のシミがたくさんできており、目も赤くなっている。

「ふふっ、ずいぶん気持ちいいみたいだねぇ……それなりに大きい会社の専務がさぁ……自分の会社で女子社員にこんなことされてるなんて、傍《はた》からみたらなんの罰ゲーム？　って感じだよねぇ。ねえ、これみんなに見せてあげようよ。ふふ、わたしの顔が写らないように、動画も撮っちゃうからねぇ」

「うぁえへえぇ……うぁぁへ、えええぇ」

「まずは専務がドライでイクところかなぁ」

「ひぁぁぁ」

ペニスの根元を縛る紐を優しく触り、パンパンに腫れた袋を揉みながら、さらにオナホールを動かす。

「ほらぁ、気持ちいいでしょぉ……？」

「いあぁぁぁふあぁぁぁぁ」

耐えまくっていたらしい専務が暴れ出した。

（さすがに……自分の会社でイクところ、動画で撮られるのは嫌みたいだねえ。ま、こんなの流出したら一巻の終わりだもんね。公開するつもりはないけど、何かあったら使えるかなぁ？）

さっきロープを増やしておいて正解だった。解けてしまうとかなり面倒だから。

専務はまだがんばっている。なので、早めに動かしたりねっとり回したり、亀頭だけいじってみたりしてどんどん追い詰めてみた。

「まだがんばるのぉ？　でもわたしおちんちん弄って遊ぶのが趣味だから、イクまでやめないよぉ？　勝てるわけないじゃん。はいはい、イッちゃえイっちゃえ」

男を追い詰める、この瞬間がすごくいい。実はわたしもすでにぐっしょりだ。今すぐにでも入れたいけど、おじさんを早くイかせちゃうとつまらないので我慢している。

（あーん、ヤバい……どんどん興奮してきちゃうよ。専務、最高だよ）

次第に専務の息が上がってきた。気持ち良さにおかしくなってきたのだろう。白目を剥き情けない声を上げ始めた。

「んはぁー、ひぁぁ、おふっおふっ、ふぐぅぅ、はぁぁ、いふぅーっ……んぁっんぁっ」

どうやらイキそうだと思ったので手を止める。再びの寸止め。

「あがぁぁぁっ」

本当にイク寸前だったのだろう。専務は僅《わず》かに痙攣《けいれん》し、とうとう自ら腰を動かし始めた。

「いいのー？　動画撮ってるんだよ。なかなかいい格好だよぉ。ほらもっと、欲しい欲しいっておちんちん動かしてごらんよ。専務がんばれ！　おじさん、もうダメになりそうなの？　ふふ、でもそんな自由もないけどね！」

「んはぁぁっ、ああいああ。んっふぅ」

「続けて欲しいの？　さっきみたいに動かして欲しい？　ここ、会社の中なんだよぉー」

「あひぃー、ぐふぅ」

必死に頷く専務。

自分がマゾ奴隷である……という自覚は、そろそろ出てきただろうか。マゾ奴隷には、自分でオナニーをする自由も、セックスをする自由もない。それをわかってもらわないと。女王様の許可なしに射精などありえないのだ。

「専務がイクところ、みんな絶対に面白がってくれるから、派手にイこうね！」

からかうように言いながら、再び動かし……今度は、さすがにもうイジメずに続けてあげた。

「んあ、んあ、んあぁぁぁぁ、ぃふっ、ああ、あぐぅぅぅぅ」

専務は雄叫びを上げながらビクビクと震え……達した。

(これも、けっこう出てそう。精液じゃなくて、透明な我慢汁がね……)

ペニスの根本は締め付けられたままで、もちろん固さにも大きさにも変化はない。

こんなにされてまだ出せないなんて地獄だろうけど、

「んぁっ、あぁぁへぇぇぇぇ、あぁぁぁっ」

わたしはそのまま手を止めない。悲鳴を上げる専務。でも、このままずーっと続ける。少なくとももう一度イクまで。これで抵抗する気力を徹底的に奪う。

専務はひいひい言いながら身を捩り嫌がっていた。イッた直後なのにずっとペニスを刺激され続けているのだから。

「ふぐぁー、うぁっ、うぁっ、あぁぁぁっ。あぐあぐぅ、あぁぁぁぁ」

「今度は速いねえ。もうイキそうじゃん。三回目なのに元気だね」

体がびくんびくんとうねる。さっきよりさらに深めにイッたのかも。

「じゃ、もう一回、イこっか」

さらに続けると、とうとう泣き声になった。

「ひぁぁあっ、おふぅっ、おふぅいふあぁぁぁぁぁい」

(お許しください、かな)

「お、おふぅいふぁぁぁぁぁいいいいいいい」

必死な様子に、ついつい笑ってしまう。

「しょーがないな。じゃ、やめてあげるね。三回、イッたし」

手を止めると、専務はがっくりとうなだれた。全身から力が抜けたのがわかった。

ペニスだけは直立したままだった。

わたしは次の準備に移ることにした。

「あひぁぁー」

「ほら、ちゃんとお尻上げて！　それにしてもまさか、ペニバンが初めてとはね。専務ともあろう人が、勉強不足はダメだよぉ」

パシッと引っ叩いてやると、必死になって尻をあげてくる。調教の成果が出たようだ。

専務は椅子から解放され、今は後ろ手錠の状態で床にうつ伏せになっている。鼻フックは邪魔そうなので外してやった。後ろ手錠も、クッション入りなので痛くはないはずだけど、少し緩めに調節してあげたので楽になったと思う。

「ま、でもどうせ、オナニーするときはお尻にバイブとか入れてんでしょ？　とっくに開発済みよね？」

わたしはスーツを脱ぎ、下着姿になっている。今日は黒のレースのブラにコルセット。そこにペニスバンドを装着している。

(会社の中だっていうのに、本当にいいのかなぁ？)

自分でもそう思うけど、もうやめられない。これを見られたら、専務だけでなくわたしだってヤバい。

装着しているペニスバンドは、専用のバイブレーターを固定するタイプのものだから、やたらと腰を振らなくてもちゃんとマゾ男を絶頂に導ける仕組みになっている。ローションを手に取りお尻の穴に塗って、指で少しほぐしてやる。それほどきつさは感じない。ペニスの根本はもちろん縛ったままだ。

人差指と中指を二本入れて、前立腺の位置を確かめる。コリコリしたところを優しくなでるように刺激してやっただけで、専務はすぐにアフアフ言い始めた。ゆっくりと押すように撫でてやる。

「んあぁぁぁう、あ、あ、んぁぁ」

喘ぎ声をあげる専務は、なかなか可愛い。歪《ゆが》んだ性癖を持つナイスミドルは、大好物だ。

(ま、でもこれっきりかなぁ……危ない橋は渡れないもんね。ふふ、お尻の穴は手加減しなくても大丈夫みたいね)

ペニスバンドのバイブレーター部分をローションでぬめらせ、まずはゆっくり差し込む。ある程度入ったところで電動のスイッチを入れた。

「うくぅっ、はぁぁぁ」

前後に動かしたり、奥を探ったり。専務のあられもない喘ぎ声とヌチュヌチュといういやらしい音が会議室に響き渡る。

「ふうっ、ふぅっ、ふうううっ、んはぁぁぁ」

少し激し目に動かしてやると腰が逃げかかるので、後ろ手錠のチェーン部分を掴《つか》んできつめに引っ叩いて続けた。

「こらっ動いちゃだめ。逃げないで、いっぱい気持ちよくなりなさい」

ズボズボと動かしながら陰茎を握った。ここまでされても射精する自由はない。しごいたり、亀頭のあたりを指先でこねくり回したりしながらバイブの振動を強にすると、専務は顔を床に擦りつけながら必死に尻を振っている。何をしているのかと思ったら、手拭いが外れており、ボールギャグを吐き出していた。

「里美様、お願いですぅ、い、イきたいですぅ」

「えぇ？　何度もイったじゃーん」

「く、苦しいいですぅ、どうか、どうか出させてくださいぃ、射精させてくださいぃぃ」

「ふーん。そっか、そんなに射精したいのかぁ」

生返事をしながら犯し続けた。

（さすがにそろそろ、ヤバいかなぁ……専務もそうだろうけど、わたしも……）

ペニスバンドを引き抜いた。

「じゃ、舐めてもらおうかな」

そう言いながら、腰からペニスバンドを外して放り投げ、専務を仰向けににし、口の上にしゃがんでヴァギナを押し付けた。

「ほら、専務の大好物でしょ？　ちゃんと舐めるんだよ。気持ち良くなかったら出させてなんてあげないからね」

（もう、ヌルヌルなんだもん）

さっきからずっと興奮している。専務は口もきけないまま必死に舌を動かしている。

「ん、気持ちぃい……」

舌で必死にクリトリスを探している専務の顔中に、たっぷり出まくっている女蜜を塗りたくってやった。

「あっあっ里美様、素晴らしいですぅ。素晴らしい匂い、お味ですぅ」

さらに、必死に舌を出すタツヤの口元にヴァギナを広げながら押し付け、擦り付けて……穴の中まで舌を這わさせる。

「何やってるのぉ？　女王様のクリトリスを舐めたいなんて百年早いんだよぉ、ヘタクソ。ジジイのくせにマンコも満足に舐められないのぉ？」

眼前でクリトリスを弄りながら言ってやると、それでも必死に舌を伸ばしてくるので、指先で舌をつまんでやった。タツヤは嬉し泣きしていた。

「ふぁあああおみあまぁぁぁ」

（マゾだなぁ……）

「しょーがないから、舐めていいよ」

クリトリスを舐めさせてやる。ぬちゅぬちゅ、ぐちゅぐちゅと音を立てながら舌での奉仕が続く。

「ん……、あ、いぃ……ん……あ、あぁ……」

(あんなこと言ったけど……専務の舌使い、なかなか良いのよね……上手……)

丁寧でツボを押さえた専務のクンニにわたしもどんどん感じてしまい、気が付いたら専務の顔に股を押し付けていた。

「んお、お……」

苦し気に呻《うめ》く専務にさらに押し付け、身悶《みもだ》えさせる。ペニスを眺めると、あれほどイッたというのに先端から我慢汁がまだ溢れ出ていた。

手錠を外してやった。体をずらし、上から亀頭部分にゆっくりと腰を落とし、ハメた。

「あっあっ」

喘いで身を捩る専務を見下ろしながら、それを何度か繰り返した。上の部分だけ、にゅぽにゅぽと。

(あっヤバい……これだけでもすごく気持ちいい……おちんちんが熱くて張り詰めてる……)

夢中になってしまいそうだったけれど堪えた。

「も、もっと奥まで挿《い》れさせてくださいぃ」

喘ぐ専務を観察しながら、わたしは調節しつつ動かす。

そのうちに専務はさらに喘ぎ始めた。

「あぁっ、お願いしますぅ。もう、本当に我慢できないっ。どうか、イかせてくださいぃー」

「ん。わかった……」

ずぶずぶと、奥まで専務のペニスを届かせるように腰を落とす。

（あっすごい、固いっ。気持ちいい……）

「あっダメ」

次の瞬間、わたしは短く専務を制した。腰を動かそうとしたので。

「動かないで」

熱く固く膨張しきったペニスの表面がドクドクと波打っているのを感じる。その波が、膣壁や、子宮の入り口まで伝わってくる。どんないいバイブレーターだって、本物には敵わない。それを、まずは味わいたかったから……。

「あぁぁ、すごいぃぃぃ。専務のおちんちん、すごい気持ちいいよぉ……ジジイのくせに、ガチガチなんだもん……」

そう言いながら、ペニスの根本の紐をゆっくり外した。

「たくさん我慢して、偉かったね。いっぱい出して、いいんだよ……いっぱい、いっぱい出して……それが好きなのぉ……。んっ、はぅうっ……」

「あぁ、里美様ぁ……ありがとうございますぅ……すごいっ、すごいですぅ……、里美様の中……。あ、あぁぁぁ」

後は夢中だった。許され、狂ったように腰を突き上げる専務に、わたしも腰を動かしながら押し付ける。奥をこじ開けられる感覚に頭の後ろが白く、重くなった。膣奥がヒクヒクと震え、ぎゅうっと引っ張られる。

「ああっ、い、イくぅっ」

のけ反りながら喘ぐと、

「あ、あぁぁぁっ、あーっ、出るぅっ、い、イく、イくぅっっ」

専務も叫び、最奥までねじ込まれたペニスから熱い精液が勢いよく吐き出されたのを感じた。いったん奥に噴射され、あまりの多さに逆流して落ちていく……。

「ああ、いっぱいだよぉ……すごいぃ……」

精液は一度だけでなく、ドクドクとペニスを脈打たせながら何度も放出された。体の中が精液で埋め尽くされたかと思うくらい……。

わたしはぐったりとなって倒れ込んでしまった。

月曜日は普通に出社した。体も心も軽い。たぶん肌もツヤツヤだと思う。

(ほんと大事だなー、セックスって!)

大満足のプレイのあとは、いつもこんな感じだ。

企画部はフロアの奥にあり、部外者は入ってきにくい場所にある。いつも通り仕事をしていると、少し離れたところの入り口から覗く顔があった。

古賀専務だった。

どこかでわたしのことを調べて、確認のため見に来たのだろう。

もちろん知らんぷりだけど、別に見つかってもいいと思っていた。あそこまですればバレるに決まっているのだし。向こうはわたしに何か言える立場ではないし。

平社員であるわたしと専務は勤務しているフロアが違うので、そのあとは見かけることも無かったのだけれど、昼休みが終わって席に戻ると、足元にお洒落な紙袋が置かれていた。中には長方形の箱が入っている。しかも……高級ブランドの箱だ。

(何だろ?)

誰もこちらを見ている様子が無かったので、紙袋の中でこっそりと箱をあけてみた。

（あ。素敵）

黒いエナメルのハイヒールだった。

カードが入っていたので、取り出した。

『横山泉《いずみ》様　金曜日は大変お世話になりありがとうございました。こちらの不注意でお履物に傷をつけてしまい、申し訳ございません。ご趣味に叶《かな》いますかわかりませんが、新しいものをご用意させていただきました。またの機会にご利用いただけましたら幸いです。今後ともどうぞよろしくお願いいたします』

（うーん。さすが専務……できる男は違うなぁ……）

せっかくなので、ハイヒールは楽しかったプレイの記念に有難《ありがた》くいただいておくことにした。

ホスト

六本木のワインバーで、わたしはもう三時間近く友人の琴乃《ことの》の愚痴《ぐち》を聞き続けていた。

カウンター席のすみっこ。ここは琴乃の行きつけの店らしく、女客が多くて上品な雰囲気だ。琴乃はグレージュ色のスーツ、わたしは会社帰りなのでダークネイビーのスーツ姿だ。

琴乃は女子校時代の同級生で、普通の会社員になったわたしとは違い、自ら基礎化粧品の会社を起こし、ドカンと成功している。

高校時代の友人の中では一番出世していると思う。要するにお金を持っている。自分で稼《かせ》いだお金なのだから何に使おうとそりゃ自由だが。

（そっか、音沙汰《おとさた》がないと思ってたらホストにハマってたのねぇ）

三時間の愚痴の内容はというと、ホストに騙《だま》された……という救いの無いバカみたいな話なのだった。

(あ、そう。しょうがないよ、向こうだって商売だもん。もう三十路《みそじ》も半ばになって

そんなものに引っかかるなんて、バッカだねえ)

と、言ってしまえれば楽なのだけど、これだけ憤《いきどお》っている数少ない女友達にまさか

そんなことは言えない。

(まぁでも、仕方ないのかなぁ)

琴乃もわたしと同じくバツイチなので、きっと女の部分が寂しいのだろう。

見た目は中の上といったところで、高校時代は目立たないほうだった。今はお金の力できれいに装ってはいるが、どちらかというと男女関係には昔から疎《うと》いほうだ。

……でも、しっかりしているようでこういう抜けたところがある琴乃だから、わたしは彼女が好きでずっとつき合っているのかもしれない。

琴乃は上手く騙され、店で大金を使うだけではなく高級時計や車なども貢《みつ》いでしまったらしい。でもその時計が中古ブランドショップに売られていたことがわかり……。

「それくらいで目が覚めて良かったじゃない、全財産貢いじゃう前で。そのホスト、何歳なの？」

「二十五歳」

「ふうん。そんなに若くもないね。でもさ、そんなにハマったってことは、あっちは良かったんでしょ？　セックス」

愚痴ばかり聞いていてもつまらないので、そっち方面に水を向けてみた。

「はじめは良かったけど、どんどん雑になって。この間なんか極太のバイブをただ突っ込まれてグリグリされて……。『俺はSなんだ』とか言ってたけど、全然気持ち良くなくて痛いだけだった」

「なるほど『自称S君』かぁ」

Sは頭も使うし、工夫もいる。実際のところ本物は少ないと思うのだけど、世の中には不思議と『自称S』の男が溢《あふ》れかえっている。彼らは単にひとりよがりで自分が楽をできるセックスをしたいだけの人達だったりする。

（Sって言うのはねえ、それなりに思いやりがあって尽くすタイプの人じゃないと務まらないんですよね……）

ワイングラスを片手にそんなことを考えていると、

「そんなわけでさ、泉《いずみ》、お願い、協力してよ。わたし、このままじゃ気が済まないの。明日は土曜だから休みでしょ？」

「え？　協力って？」

急に矛先《ほこさき》が向いてきたのでびっくりした。今日は単に琴乃の愚痴を聞く会だと思っていたのだ。

「あいつを！　蒼磨《そうま》を！　調教して欲しいの。コケにされたままではいられない。やられたんだからやり返してやる！」

「えええ」

持っていたグラスを落っことしそうになってしまった。

「あのね琴乃、本人が嫌がっている場合、男を調教するのは無理だよ。暴れられたらこっちがケガしちゃうよ」

そう言うと、琴乃がふふん、と笑った。

「そこは、わたしが上手くやるから大丈夫。ちゃんと場所も押さえてあるから」

説明を受け……用意周到なことに驚いた。

(それなら、なんとかなりそうかな？)

赤坂《あかさか》の会員制ラブホテルに先に入って待っていることになった。琴乃がいつも使っていたところらしい。看板などはなくちょっと見は普通のマンションで、外観からはラブホテルだなんてわからない。

琴乃がホストを誘い出し、ここに連れてくるという。富裕層の、内緒の付き合い向けのラブホテルかぁ……)

(世の中にはこういうところもあるんですねえ。富裕層の、内緒の付き合い向けのラ

師走《しわす》の寒空の下、ボーっと立っていても仕方ないのでさっさと入った。

ロビーはがらんとしていて、人の気配がない。不思議に思いながら受付に向かう。

そこには細身で白髪の初老の男性がスーツ姿で立っていた。

琴乃の名前を告げると、にこやかに挨拶された。部屋は十四階で、最上階になるらしい。

「今回ご予約いただきましたのはSMルームになります。琴乃様より、お連れ様は女王様と伺っております。部屋の中に、お道具やお衣装を揃えてございますので、ぜひご活用ください」

そう言ってエレベーターまで送ってくれた。

十四階で降りて左に曲るとすぐに目的の部屋があった。黒檀《こくたん》と思われる、彫刻が施された木製のゴージャスなドアを開け、そうっと足を踏み入れた。

ラブホテル、というよりは、なんだか古い洋館にでも入ったみたい。内装が凝っているのはひとめでわかった。非日常を味わうには最高の空間、って気がする。

中はかなり広い。とりあえず各部屋を確かめることにした。

真ん中にはミニバーとリビング。真っ赤なソファセットが置いてある。手前の玄関寄りのほうにバスルームとトイレ、隣には普通の寝室。そして寝室の反対側にあったグレーの扉を開けると。

(うわ！　これはすごい！)

SMルームが現れた。まるで中世ゴシック様式の古城の中のような迫力あるデザインで、おどろおどろしくもあるけれど、非常に上品でもある。そこに、Xタイプの十字架磔台《はりつけだい》や拘束椅子《こうそくいす》、拘束ベッドなどが点在している。道具も、鞭《むち》や何種類ものバイブ、拘束グッズや口枷《くちかせ》、目隠し、衣装まで、すべて新品が置いてあった。

(琴乃たちが来る前に、準備しておかなくちゃ)

動線を考え、コンソールテーブルを磔台や拘束椅子やベッドの中間に置き、使いやすいように道具をセットした。

次に、黒のいわゆるボンデージコスチュームに着替えた。ところどころ、網目から肌が透けてなかなかセクシー。下半身は黒のガーターストッキングに、ハイヒール。

(これくらいなら、まぁまぁ良いよね)

鏡を見ながら、自分の姿にそれなりに満足した。

スマホを確認すると、琴乃からメッセージが来ていた。どうやらタクシーでこちらに向かっている様子だ。

(ってことは、そろそろかな。計画通り、行くといいけど)

打ち合わせ通り、わたしは寝室に隠れた。そのまま様子を伺う。

待っていると部屋のドアが開き、二人が何やらしゃべりながら室内の廊下をリビングのほうに歩いてきた。

「ゴージャスな部屋だね。うわ、広いじゃん」

「そう。今日はちょっと変わったお部屋で楽しみたいと思って」

二人は冷蔵庫からビールを取り出し、ソファに座って仲良く飲み始めた。途中、蒼磨がトイレに立った瞬間、琴乃が蒼磨のビールに何やら液体のようなものを垂らしたのが見えた。

蒼磨がトイレから戻ってきてビールの続きを飲んだ。その少し後から目を擦り始めたので、

(まさか、琴乃、睡眠薬を混ぜたの?)

そう思ったけれど、完全に眠ってしまうわけでもなく、少し朦朧《もうろう》としているようだがちゃんと起きている。

(弱めの催淫剤とかかな？　ふーん。この子が蒼磨くんかぁ)

想像より、小さい。身長は百七十センチそこそこじゃないだろうか。ほっそりとして華奢《きゃしゃ》。顔は、多少整形しているような雰囲気もあるが、整っていて美形だ。髪はさらっとしており、茶色に染めている。ブランド品のコートの下はチャコールグレーのスーツにブルー系のネクタイで、別にギラギラした服装というわけでもない。肌はよく見ると荒れている。

(思ったより小さめだから、扱いやすそう。可愛いし、虐《いじ》めがいもありそうだな……。案外、良いかも)

下腹部が少し、熱をもってきた。興奮してきた合図だ。ヴァギナの内側にぬめりが増えてきていることが、触ってみなくてもなんとなくわかる。

(うーん。やりたくなってきちゃったよ)

話を聞いているだけのときはあまり気が進まなかったのだけれど、実際に獲物が目の前に出てきたせいか一気に気分が上がって来た。

わたしはついつい笑顔になりながら、二人の様子を見守った。

ビールを飲み終えた二人は、ちょっとキス。ソファに押し倒そうとする蒼磨をさりげなく制して、琴乃が奥のＳＭルームへと誘った。二人が中に入っていく。わたしはそれを追いかけるように、今度はリビングにそっと移動し、二人が見える位置に隠れた。

二人は真っ赤なX型の磔台のそばで何やら話し合っている。

「こんな部屋でプレイがしたいなんて、琴乃さんってどんどんエッチになってきてるんだね。俺の仕込みがいいのかなぁ」

「だってこの間、あんな太いバイブとか使うんだもん。今度はもっと本格的にしてほしいなって思って。蒼磨、こういうの好きなのかなと思って誘ったの」

「好きだけどさ、こういう磔台とは初めてだなぁ。これってどうやって使うんだろ」

「ふふ、じゃあ蒼磨、そこに立ってみて」

琴乃はイチャイチャした雰囲気のまま、蒼磨を磔台に立たせ、まずは左手首を上げさせて鎖つきのベルトで固定した。

「こうやって、使うのよ」

「うん。けっこう外れないな」

蒼磨は腕を動かして、ガチャガチャさせている。

「じゃ、こっちもね！」

琴乃はふざけた雰囲気で右手も上げさせ、ベルトをつけさせた。蒼磨は鎖をガチャ

ガチャさせながら、

「へえ、本当にけっこう頑丈《がんじょう》なんだな、おもちゃじゃないんだ。わかったよ、琴乃をこうやって繋《つな》いでやるから、そろそろ外してよ」

のんびりとそんなことを言っている。

(もうちょっとだよ、琴乃！　足も固定しなきゃ)

わたしは二人の様子を見守った。

琴乃は甘えた様子で身をくねらせながら、

「ふふ、じゃあこのままちょっと遊んじゃおうか。わたし、蒼磨のおちんちんが舐《な》めたいよぉ」

と言いながらまずは足元にしゃがんだ。そしてスーツのスラックスの上から、ペニスの辺りを撫で回し、そうしながら足を開かせ、まずは左足をベルトで固定した。

「えっ、何、まずはそういうプレイなの？　ま、しゃぶってくれるならいいけど」

「ふふ、たくさん舐めてあげるね。じゃあ、こっちも……」

琴乃は微笑みながら右足も固定する。

(やった！　まずはこれでＯＫ！)

琴乃がちらりとこちらを振り向く。これでいいか、と目で聞いてくるので、わたしは蒼磨の手足の拘束がきちんとされているか目視し、頷いた。

「どう？　蒼磨」

琴乃が立ち上がって蒼磨のスーツの前ボタンを外しながら言う。

「どうって？　早く舐めてよ。あと、そうじゃないならそろそろ外して欲しいんだけど」

手足の拘束が鬱陶《うっとう》しいのか、蒼磨はガシャガシャやり始めた。きちんとハマっているようだ。外れる様子がない。

「えっ？　ダメだよ。だって蒼磨は悪い男だから、これから女王様の調教を受けてマゾ男になるんだよ？」

琴乃がうれしそうに言い始めた。

「何言ってるんだよ。俺が何をしたって言うんだ」

「わたしがあげた時計、売っちゃってたくせに。この裏切者！　ホストなんかに本気になったわたしがバカだったわ。ふふ、今日の調教、すっごく楽しみ！」

「え？　つかあんた誰？」

そろそろかな、と出ていくと蒼磨が驚いた顔でわたしを見た。そりゃ、そうだろう。いきなり目の前にスタスタとＳＭの女王様が歩いてきたら驚かないわけがない。

「泉、今日はよろしくね！」

蒼磨を騙《だま》して拘束するという作戦が成功したこともあり、琴乃のテンションはすっかり上がっている。

「琴乃、これはどういうこと？　他の人がいるなんて聞いてなかったけど」

蒼磨の言いぶりは、こちらが女だからと甘く見ている感じがする。でも、どんな動物でも四肢を拘束されれば不安になるものだ。

「そりゃそうよ。蒼磨に話してないもん」

琴乃の声のトーンが下がった。女も、恋人に甘くデレデレとしているときと普段ではモードが違うのだ。お気に入りのホストに対してだから猫なで声を出していただけで、目が覚めた琴乃にしてみれば、もう甘い声など出す必要がない。

「琴乃、これ外してよ。帰るから。なんか話が違うし」

「ダメだよ。悪い男にはお仕置きが必要なんだよ」

「誤解だよ琴乃、何言ってるの？　俺の話をちゃんと聞いてよ」

「嘘つきホストの言うことなんかもう二度と信じません。じゃ、泉、頼むわ」

「だからあんた、誰」

蒼磨がわたしを見ながら言う。

「見ての通りの女王様よ。調教してあげるから楽しんでね」

とりあえずそう言うと、

「マジかよ。やめてくれよ」

蒼磨は必死に手足を動かし、ベルトを外そうとし始めた。わたしは少し離れたところから話しかけた。

「しっかり拘束されたみたいね。しばらくそうやって、疲れるまで暴れてくれない？　血行が良くなれば、さっき琴乃が飲ませた薬も効いてくるだろうし」

「は？　薬？　なんだよ、薬って」

琴乃が楽しそうに告げた。

「ふふ、媚薬《びやく》よ！　海外から取り寄せたの。男が興奮して勃《た》ちっぱなしになるって。かなり敏感になるらしいよぉ。頭がおかしくなるくらい、気持ち良くしてあげるね！　あと、動画もいっぱい撮影して、ホスト掲示板に上げるから！」

「は？　冗談じゃねえよ、これ早く外せ！　琴乃ぉっ、そんなことしたら許さねえぞっ」

蒼磨の顔が、どんどん赤くなってきた。薬が回ってきているのかもしれない。

わたしは近づいて足元にしゃがみ、スラックスの上から股間を触った。

「あ、やっぱり固くなってきてるね。なーんだ、嫌がってるんじゃなくて興奮してるじゃん。拘束された美青年をマゾに墜《お》とすなんて、こんな素敵なイベント滅多にないよ。琴乃、ありがとう！」

蒼磨が暴れ、ガチャガチャと鎖の音が響く。このホテルのX型の磔台はよくできていて、背中が当たる部分にはクッションが入っていてぶつかっても傷がつく心配がないし、手足を拘束している拘束具も裏側にはクッション材が入っており痛みを感じにくくなっている。すごく親切な作りだ。

「畜生っ、何が悪いんだよぉっ、ババァが俺とつき合うのに金がいるのは当たり前なんだっ、いい思いさせてやったろ？」

「ババァで悪かったねえ。でもさ、こっちはいい思いなんてそんなにしてないよ？最近はずっとエッチも手抜きだったじゃん。がんばってくれたの最初だけでさ。バイブを突っ込んだだけで女が喜ぶとでも？　何がSだよ、ヘタクソ！　マゾになれ！」

琴乃も、だいぶ酒が回ってきたようだ。いい感じに罵倒《ばとう》している。お互い様ね、って感じ。

「そろそろ始めよっか。そうそう、蒼磨くんって、Sなんだって？」

「ん？　なんだよっ、Sだよ、だからなんだっていうんだよっ」

「奇遇だね、わたしもそうなんだ。責めるのって楽しいよねぇ……。特に快楽責めなんて最高だもん……。でも、意外と本物のSじゃない『自称S』かもしれないから、マゾもいけるかどうか今日は試してみよう！」

「やめろよっ」

「本当にダメなときは、わたしにはわかるから大丈夫だよ。でもマゾの才能があるみたいだったら、……いっぱい気持ち良くなろうね」

しゃべりながら、ネクタイを外しシャツの前を全部開き下着をまくり上げ、上半身を裸にし、まずはプレイ用のクリップで片方の乳首を挟《はさ》んだ。

「ええ？　あ、痛てぇ……」

「そんなに痛くもないでしょう？　これ、プレイ用だもん。これくらいは我慢しなさいよ」

もう片方の乳首にもつけてやる。

「や、やめろよ……」

蒼磨の声が少し小さくなった。

「乳首、自分でもあまり触ったことないんでしょう。陥没気味だもん。これからいっぱい刺激して、感じるようにしてあげるね」

乳首への刺激は、これからじわじわと身体の奥に広がっていくと思う。

「きれいな身体だね、すべすべ。胸毛は脱毛してたりするのかな？　ホストだもんね」

そう言いながら、そうっと指先で胸のあたりからへそ回り、脇腹を撫で回してみた。

「あっ」

体をくねらせたのを見て、これはいけそうだと思った。スラックスの前を外し、手を突っ込んでお尻を撫で、割れ目に指を滑り込ませる。お尻の穴を指先でスリスリしてやりながら、

「あれっ？　わりと感じやすそうだねえ。二十五歳でしょ、そろそろメスイキ覚えちゃおっかぁ。男の子もちゃんと穴があるんだよ、お尻に」

そう言うと、

「ひぁっ、変なところ触るなっ、変態！」

案外反応が良くて、嬉しくなってしまった。多少抵抗があったほうが楽しいし。

「ふふっ蒼磨くんはその変態にこれからたっぷり犯されちゃうんだから、覚悟したほうがいいよぉ」

サイドに立ち、お尻の穴を撫でてやりながらついでにペニスも軽く握って扱《しご》いてあげると、

「あぁぁっやめろぉっ」

必死に身を捩《よじ》りながら蒼磨が唾《つば》を吐き出した。手足を拘束されているからせめてもの抵抗のつもりだろうか。後ろ側にいたから当たらなかったけど。

「もー、汚いなぁ。唾を吐くような子は、猿轡《さるぐつわ》してもらお！」

テーブルから日本手拭《てぬぐ》いを持ってきた。和風のＳＭプレイだと縄と日本手拭いを使うことが多いのだが、拘束具を使うことが多く緊縛が得意でないわたしは普段は手拭いを使わない。

（えぇっと、一回結んで瘤《こぶ》を作るんだっけか……）

ちょっと不慣れで戸惑ったが、無事に準備ができたので嫌がる蒼磨の口に思い切り瘤を押し込んだ。

「やめろっ！　あぁっふぐぁぁぁっ」

ぎゅっと頭の後ろで縛ってから、舌で押し出されないように手拭いをもう一枚持ってきて上から被《かぶ》せてさらに縛り上げた。

（これでお口は、うるさくない、と）

そして再び腹部や脇腹を撫で回しながら、首筋や耳元にそっと舌を這わせた。

「ふぁっ、んふぁうぅ」

最初は顔を背けて嫌がっていたが、耳穴や首筋をじっくり舐めているとそのうち大人しくなってきた。

「ふーっふーっ」

猿轡の下で、荒い息を吐いているのがわかる。ちょっと息苦しいのも、媚薬を使っているせいもあって興奮を生み出すだろう。

乳首クリップを指先でくいくいと揺らすと、コリっと立ち上がってきているのがわかった。

（あ、乳首立ってきた。自称Sのわりに、もうすっかり感じてる。薬のせいもあるかもだけど、意外と素質があるんじゃないの？）

クリップを外して立ち上がった乳首を軽く引っ張りながら指先で挟んで軽く揉んであげた。むにゅ、むにゅ、むにゅ。

「んぁっ、ふあぁぁ」

「ふふっ、気持ちいいんでしょ？　これじゃもう、自称Sは卒業だねえ」

首を横に振っているけれど、感じているのは明らかだ。いくらわたしの指先や唇から逃れようとしても、X型十字架に手足を固定されているので、せいぜい顔の向きくらいしか変えられない。わたしはさらに指先と唇での愛撫をじわじわと続けた。

今回の獲物は慣れていないから徐々に責める方がいい。次は舌で乳輪《にゅうりん》から乳首に向かって、丁寧に、ぺろぺろ舐めた。

「んっ……うう一っ」

蒼磨は鎖に固定された腕をがちゃがちゃさせながら上半身を傾け、必死にわたしの舌から逃げようとする。

「乳首、カチコチ。気持ちいいんでしょう。さ、もういっこの乳首も同じように可愛がってあげるからね。あ、でもその前に……。ねえこれ、知ってる？　ホストが知らないわけないかぁ。ピンクローター、乳首用。これ、男の子にも使えるんだよ？　こっちの乳首がお留守になっちゃうから、つけておくね」

わたしは医療用テープでピンクローターを蒼磨の乳首に貼りつけてスイッチを入れ、反対側に移動し、同じようにもう片方の乳首を愛撫してあげた。それが終わると、もう片方にもローターを貼りつけ、同じように動かす。

「う……う……ぐぅ」

蒼磨は下を向き、必死に耐えている。どうやら感じるのを我慢しているらしい。その様子はなかなか可愛らしく、萌《も》えてきた。

ローターでの責めを続けながら、今度は筆を取り出し、腕を上げさせられて無防備な状態になっている脇の下をさわさわとくすぐった。

「んふぅっんうっ、んうっ」

乳首の快感を我慢しているのに、別のところをくすぐられるのはつらいだろう。その反応が面白くてたまらない。クネクネと体が動く。

「ふふ、くすぐったいんだぁ。ってことはここも感じるんだね。もう、蒼磨くんたらマゾの才能ありすぎるじゃん！」

わたしは脇の下から脇腹、おへその穴なども筆でくすぐり続けた。

「んあああっ、んぁぁぁ、んぁうー」

くすぐりに弱いということがわかったので、やめずにじわじわと責め続ける。最初に時間をかけたほうが後の快楽爆発がすごいので、地味な作業がけっこう大事なのだ。

「くすぐったいのって、痛みよりも耐えられないらしいよ……？　ふふ、体の奥まで快感が響いちゃうでしょ？　ぜえったい、逃げられないよぉ。蒼磨くんもSなら、女の人にこれくらいのことしてあげないと。単にバイブを突っ込むだけじゃだめなんだよぉ、前戯がないとね……」

「んふぁぁぁっ」

時折まだ、蒼磨は我に返ったように暴れるときがある。でもあと何分持つかなぁ、という感じ。

「ふふ、まだまだ元気が余ってるみたいね。これから先が楽しみだなぁ」

ちらりと振り向き、琴乃の様子を見た。琴乃はソファに座ったまま、興味津々《きょうみしんしん》という様子で眺めている。近くに呼ぶことにした。

「ねえ、琴乃、ちょっと来て」

「何」

「ほら、見て」

蒼磨のスラックスは膝まで落ちており、ぴったりとしたボクサーパンツの前部分がかなり膨らんでいる。筆で亀頭の上あたりをくにくにと弄《いじ》ってやると、じわりとボクサーパンツの上にシミが出来た。

「んふぁあっ」

蒼磨は傍に来た琴乃を睨《にら》みながら、筆で亀頭をいじられ腰をもぞもぞとさせた。かなり悔しそうで、猿轡の下で何やら叫んでいる。

「んふぉおっ、んぁ、んぁぁぁっ」

「ふふっ、琴乃、なんか言葉責めしてあげなよ」

「えっ、言葉責め？　えっと……もー、蒼磨ったら、我慢汁でパンツをベトベトにさせながら、何怖い顔してるの？　バカみたい」

「うんうん、その調子」

「こんな風にされて、気持ちいいんだ。カチンコチンになってる。Ｓなんて嘘じゃんね。あ、蒼磨、もう動画は撮ってるからね！　もっと盛り上がってきたら生配信しようかなぁ」

「ひぁ、ひあぁぁ」

動画を撮られたり公開されるのは、ホストとして死活問題だろう。首を横に振りながら何やら叫んでいるが、もう手遅れだ。

琴乃はパンツの上から蒼磨の勃起《ぼっき》したペニスを握り、微笑んだ。

「純情な女を騙した罰だよ！」

「んふぉいいぇ、おおぉ」

蒼磨は声をあげた。解いて、と聞こえる。

（こんなになっても、琴乃なら助けてくれるって、まだ思ってるのかな？　無駄なのに……）

マゾ男を追い込むのは最高に楽しいお遊びのひとつだ。ストレスが全部消える。脳内に炭酸水をかけ続けられているような気分になる。しゅわしゅわ、ぱちぱち。

琴乃が蒼磨のパンツをハサミでじょきじょきと切り取った。屹立《きつりつ》したペニスが露わになる。かなり大きい、立派なモノだった。

「ほう、ご立派。これは入れたくなるねえ」

二人にジロジロみられ、蒼磨はさすがに恥ずかしいのか手足をバタつかせて小さく呻《うめ》き声を上げたのだが、その瞬間にペニスからツーっと我慢汁が流れたのをわたしは見逃さなかった。

「わ、蒼磨くん、めっちゃ興奮しちゃってる。これってマゾ度が高いよ！　どうやらガッツリ犯されまくりたいみたいね。その願い、存分に叶《かな》えてあげるからね」

筆でペニスの先端をくちゅくちゅしてやると、ますます粘液が出てきてツーっと糸を引く。

「ふんぐっ、んぉぉ」

「男の子ってかわいそうだね。だってこんなに勃起して我慢汁出してたら、感じてませんとは言えないじゃん？　おばさん二人にいじめられて感じてるなんて、恥ずかしいねえ」

ローションをペニスの先端につぅっと細く垂らした。すぐに出ちゃったらつまらないので、射精できない程度の強さでローションでヌルヌルにしたおちんちんを手コキ……。玉のほうまで揉んだり、肛門の周囲をそうっとナデナデしたり。

「んふあっ、ふぁっ」

蒼磨は切なげな声をあげる。こういうことって個人差があるので、琴乃に聞いてみた。

「ねえ、蒼磨くんって、早漏？」

「いや、そうでもない。若いわりには意外と保つよ。でも今日は薬使ってるから、早くなっちゃうかもね」

「だよね」

蒼磨の息が荒くなってきたので少し抑えめにし、時々寸止めしながらちゅぷちゅぷとペニスを弄り続けた。とうとう蒼磨のほうから腰を突き出してくるようになったので。指で輪っかを作り、カリのところでプリプリと出し入れしてあげる。蒼磨も腰を動かしている。

「あっ、この顔やばくない？」

琴乃がつぶやいた。蒼磨の顔は真っ赤で、目がどこか虚《うつ》ろになっていた。

「イキそうかな。じゃ、こうしよう……」

わたしはテーブルから紐を持ってきて蒼磨のペニスの根元に何回か巻き付け、縛った。

「ううっ、ふぁっ」

蒼磨は我に返った様子で嫌がっている。でも手遅れだ。

「泉、何してんの？」

琴乃はわたしが何をやっているのかわからないらしい。

「おちんちんの根本縛ってるの。こうすると射精ができなくなるから、永遠に気持ちいいだけ、ってわけ」

「すごい。そんなことできるんだ」

「加減しないとまずいけどね。わたし、慣れてるから」

「泉、めっちゃ痴女じゃん……」

「まぁね」

縛り終え、さっきの続きで亀頭プリプリをしてあげると、

「はうがぁっ、あぁぇおぅぅぅ」

どうやら自分がされたことがはっきりわかったようで、蒼磨は切なげな声をあげた。イキたいのに、けしてイケない。磔になりながら勃起したペニスを振り立て暴れる美青年はなかなか見ごたえがある。

「いくら暴れても泣いても、誰も助けてくれないよぉ、諦めてね。これでどんなにがんばっても射精できなくなっちゃったよ」

耳元で囁《ささや》き、さっきよりも強めにカリ責めを施す。右手で竿《さお》を扱きながら左の手のひらで鈴口をぐりぐりしてあげると、蒼磨が狂ったように腰を突き出し身悶《みもだ》えし始めた。

「ふふ、イキたいよねぇ。無理なんだけど！」

さらには、琴乃も蒼磨の乳首をいじったり、羽根で脇の下をさわさわしたりしている。しばらくそうやっていると、

「ぐひぃー、いうぅぅぅっ、うぁ、うぁ、はがぁぁっ」

蒼磨がガクガクと達し、呆《ほお》けたようにぐったりした。とはいっても、精液は出せないためペニスは大きく硬いままなので、まだまだ使える。

わたしは蒼磨にアイマスクをつけさせた。そして乳首に貼っていたピンクローターを外し、テーブルから別の革製拘束具を持ってくると、磔台から手首を外してやり、ついでに上半身にに引っかかっていた衣類をすべて脱がせ、改めて後ろ手に拘束した。

蒼磨はされるままになっていた。

「やっと調教らしくなってきたね。次は姿勢を変えるよ。足の拘束を外すけど、もし

暴れたらそこにある大きなハサミでチンコちょん切るからね？　あとそうだ、お尻の調教に入るから、そろそろお腹のお掃除もしないとね。浣腸してきれいにしよう」

不安を感じたらしい蒼磨が後ろ手に括《くく》られたまま身を捩る。足の拘束を外す前のほうがやりやすいので、台から薬液を持ってきてぐりぐりと蒼磨の肛門に差し込むと、じゅうじゅうっと液を流し込んだ。逆流することを想定し、多めに入れてしまう。

「ふわぁはぁ、ふわぁぁ、うおおっ、あへぇぇぇ」

「この体勢じゃ入りにくいけど仕方ないね。さて、じゃトイレに行こうか」

足の拘束を外し、スラックスを脱がせた。

全裸で拘束と目隠し、猿轡をされ、浣腸された蒼磨はわたしと琴乃に誘導されてよろよろとトイレに入った。もう暴れる様子は無かった。全身に脂汗《あぶらあせ》が浮かんでいる。

「はい、がんばってね。動画も撮影してるからね！」

「んふぐぁ……ふ、ふうううっ」

目隠しされているのに、頬のあたりまで涙が垂れているのがわかった。猿轡に染みている。裸でフル勃起したままトイレで排泄《はいせつ》させられている姿を人に見られたら、ホストどころか人として終わるだろう。

（でもね、マゾ男ならこういうのも、けっこう喜ぶんだよなぁ……）

別にスカトロの趣味はないので、わたしとしては済ませてもらえばそれで良い。事後のシャワーは琴乃にやってもらった。

（ふーん。これはまたいい格好だねえ。うちにもこの椅子、導入したいくらいだなぁ）

そんなことを思いながら、ＳＭプレイ用の拘束椅子に固定された蒼磨を眺めた。

「すごい格好だねえ。これって、あれでしょ？」

「うん、あれだね」

ある程度年のいった女なら誰でも知ってる。これはいわゆる、産婦人科の診察台だ。それをＳＭプレイ用に派手な色で作っただけ、という感じ。もちろん本物の産婦人科の台には拘束用のベルトはついていないけど。

両足をかけるバーがあり、そこに固定すると、大きく股を開いたまま一切閉じられなくなる。両手は開いて顔の横あたりに固定するバーがついていてもちろん抵抗は不可能。背もたれはクッション入りの革製で全体の色は赤。少し仰向《あおむ》けに傾ければ肛門の開発をするのにもちょうど良い角度になる。

「あふぁぁっ」

固定され、必死に暴れる蒼磨をしばらく眺めていた。さっきよりは弱々しいが、また別の拘束台に固定されたことで恐怖が増しているのかもしれない。アイマスクは再度つけさせ、猿轡は手拭いがシャワーで濡れてしまったので外し、ボールギャグを付け直した。

わたしはちょうど開いた足の間に椅子を持っていき、座った。産婦人科の医者が座る位置だ。肛門が丸見え。

「男の子がこの椅子に座ることは、普通なら一生ないことだよね。どういう気分？こんな感じに股を開かれて、ふふ……面白すぎる！」

そうっと乳首を撫でてやる。きゅっとしまって硬くなってきた。

「ちょっと弄っただけで乳首も感じるようになったね。琴乃に吸ってもらおうね」

二人で両脇からゆっくり蒼磨の乳首や脇腹や太腿《ふともも》を撫で、股関節あたりをくすぐる。

琴乃は乳首を撫でつつ、舐め始めた。

「んふぁっ、あぁぁ、あぁぁ、おうっ……」

蒼磨は喘《あえ》いでいる。暗闇の中、大股開きで一切抵抗できないまま身体中何か所も一度に愛撫され、今は快感に身を任せるしかない。自分が『ババァ』と蔑《さげす》んだ女に弄《もてあそ》ばれるのはさぞかし情けないことだろう。こっちは楽しくて仕方ない。

「蒼磨ぁ……気持ちいいの？」

琴乃が蒼磨の乳首をちゅっちゅと吸ったり、舌で転がしながら尋ねる。蒼磨はのけ反《ぞ》り、首を横に振るくらいしか抵抗の手段がない。

「蒼磨くん、こっちはどうかな？」

足の裏をこちょこちょとくすぐってやる。声が大きくなった。急所と思われる場所をしつこくくすぐり続ける。

「うふぉお、あー、あー、あぁぁぁー」

大きな声を上げ、足指を動かしながら逃げようと悶える様《さま》が面白い。ガッチリ固定されているので絶対に逃げられないのに。

「二人がかりで可愛がってもらえるなんて、蒼磨くんは本当に幸せ者だね！」

いよいよ、ローションを蒼磨の肛門に垂らした。

「いっぱいぬるぬるさせておこうね。これから柔らかくするよ。……だって今日はここに入れられちゃうんだから、柔らかくしておかないと大変なんだよぉ」

わたしは蒼磨の目隠しを外してやり、道具の中から極太のバイブを取り出して目の前でフリフリしてやった。

「これくらいのやつ、琴乃のアソコにずぼずぼ入れたんだってねぇ。琴乃、痛いだけで全然良くなかったって。ちゃーんと準備しなかったら、こういうものの出し入れは痛いだけなんだよぉ？　ぜひ自分の体でも体験してみてね」

「んふぁあっ、あぇ、あうあぁぁぁ」

涙目で必死に首を横に振る蒼磨。

「怖がらなくて良いんだよ？　楽しもうねぇ、初めてのお尻体験」

ぴちゃ……ぴちゃ……ぴちゃ……ぬちゅぬちゅ、ぬちゅぬちゅ、くちゅくちゅくちゅ……。

「んおっ、んおっ、あぁっ、はぁ、くぅっ」

琴乃は上半身を筆や指先でさわさわしたり、ボールギャグが嵌《は》められている口回りをペロペロ舐めたりしている。わたしはピッタリとしたビニール手袋をつけ、ローションをたっぷり塗り、まずは指一本からゆっくりと肛門に出し入れしたり、広げるためにクニクニと動かした。ビニール手袋は爪の先で肛門の内側を傷つけないためだ。

「蒼磨くん、力まないで、力を抜いてね。どうせ逃げられないし、そのほうが結果、楽だよぉ」

「んふぁあ、ああ、あぁぁ、んふぅ」

蒼磨はハッハッと息を吐きながら、必死に違和感に耐えている雰囲気だった。抵抗は無駄と思ったのか、力は抜き始めている。

「そうそう。その調子。指も二本に増やすよ」

お尻はだいぶほぐれてきた。これくらい広がれば、細いバイブかエネマグラなら入りそうだ。さっきは脅しのために極太バイブを見せたが、あれは琴乃のためにやった軽い嫌がらせだ。

「ん？　このへんかな？」

内側にコリっとした場所がある。おそらく前立腺だ。少し押すと、

「んふぁうぅぅぅ」

喘《あえ》ぎ声が大きくなり、ネバネバした我慢汁が大量にペニスの先から漏れてきた。

「あっ、蒼磨くん、すごい」

(肛門への刺激だけでここまで感じちゃうなんて。ほんと、想像以上だよ)

わたしは蒼磨の才能に感動してしまった。人は見た目ではわからない。

「こんなにおちんちんから涎垂《よだれ》らして喜んじゃって。これで立派なマゾの仲間入りだねえ。たぶん、また軽くイッたんだね。精液が出せないからしぼんでないけど。ふふっ」

順調に開発が進んでいることに、すっかり面白くなっている。蒼磨の目がどんどん潤み始めた。さんざん泣いたと思うのだけど、まだ涙が出るらしい。息も荒く、快感

に耐えかねてきているのがわかる。準備はできたようだ。

わたしはエネマグラを持ってきて、ローションを丁寧にぬりぬりした。

「それ、何？」

琴乃は興味津々だ。

「前立腺を刺激する器具なの。これ入れると面白いよ。上手くハマればイキっぱなしにもできる」

「もー、泉と一緒にいると、勉強になりすぎちゃうよ」

「どういたしまして」

蒼磨はエネマグラを見て声も出せなくなり、呆然《ぼうぜん》としている。いずれにしても抵抗は不可能なので、わたしはお尻の穴にずぶ……ずぶ……と、ゆっくりと挿入《そうにゅう》してやった。少し奥に入るたび、蒼磨の体がビクビクっと揺れた。大体の位置でいったん止める。

「ほうら、入ったよ。んー、どのへんかな、ちゃんとさっきの気持いいとこに当たってるぅ？」

想定されるあたりで、優しく上下左右に動かしてやると、ビクンと震えたところがあったので、そこに絞って集中的に責めてあげることにした。

「ここが前立腺かなぁ。これ、電動なんだぁ。まずは弱で動かすかな」

ツンツン押されただけでたまらないであろう箇所に、電動の刺激が加わったら結果は見えているが、それでも射精できないところがポイントだ。

「んふ、んおぉっ、あぁぁぁっ、はふぁっ、あぁーっ」

ほんのわずかの弱で刺激を加えると、蒼磨は喘ぎ声を上げながら腰を上下させ、ビクビクしながらかなり感じているようだった。

「気持ち良さそうだね？　もっとよくしてあげる。いっぱいメスイキしようね」

そして琴乃はというと、蒼磨の様子を動画配信するべく準備を進めていた。

「琴乃、わたしの顔は写さないでね」

「了解。大丈夫、蒼磨だけ撮ってる」

琴乃の言葉に、真っ赤に充血した目で必死に首を横に振る蒼磨。

「ううういあぁぁへ、えぇぇぇ、んぁ、んぁぁぁぁ」

どうしても配信が嫌なのか必死に首を横に振ってみたり、エネマグラによる前立腺への快感でよがってみたりで、蒼磨も忙しい。

「さてと、配信の準備ができた！」

「じゃ、イかせようか？　電動を強めにしたらイッパツだよ。いいシーンになるんじやないかな。もう、この格好だけですごいけどね！」

「んふぅぅ、うああーっ、いあぁぁぁえおぅぅぅ」

蒼磨が必死の形相《ぎょうそう》で暴れ出したが、がっつり拘束されてお尻にエネマグラが入っている状態ではどうにもならない。男のプライドはさっき水洗トイレに流して来たと思うのだが、今度は人間としての尊厳ってところだろうか。

「『裏切者のホスト、蒼磨を晒《さら》します。今はお尻に前立腺を刺激する器具が入っており、獣のように吠えています。蒼磨がお尻を刺激されてメスイキするところをみなさんご覧ください』っと」

琴乃が文字を打ち込んだパソコンの画面を、読み上げながら蒼磨に見せている。そこはホストの噂を書き込む掲示板のようだ。どうやら蒼磨は人気ホストのようで、専用のスレッドがあるのだ。そこに琴乃はリンク先を張り付けた。クリックすると次の瞬間、画面が変わってライブ配信できる動画サイトに移った。告知を受け、既に何人か待機しているようだ。

「さて、蒼磨、がんばってね。みんなが見てるよ！」

琴乃が微笑《ほほえ》んだ。

「んふぅっ、ぬぁぁっ」

画面に映ったのは産婦人科の診察台のような椅子に固定された、最高に惨《みじ》めな格好の蒼磨。我慢汁がペニスからお尻まで垂れている。わたしは無言のままエネマグラをピンポイントで当たるように動かしてあげた。

「んー。ここだよねぇ」

まずは手動で押し上げると、蒼磨は涙目になり声をあげながらよがる。我慢しているのだろう。声がかなり苦しそうだ。

「ふふ、すごい、閲覧者がどんどん増えてる！」

「そっか、じゃあそろそろ」

電動のスイッチを入れ、まずは弱にする。ここまできてしまったら強制的に体に加えられる快感に耐えられるわけがないのだが、

「ううっ、うぐっ、ぐぉっ」

蒼磨がふんばるような動きを見せ、太腿の筋肉が盛り上がった。なんとかイかずに耐えようと力んでいるのだ。足の指が不自然な角度に曲がっている。

「無駄な抵抗だよぉ、蒼磨」

琴乃が勝ち誇ったように告げる。わたしは弱を強に変えた。

「ひぐぁーっ、うっううっ、うぉぉぉーっ」

言葉にならない喚《わめ》き声が上がり、拘束が千切れるのではと思うほどの力で蒼磨が暴れ出した。しかし……おもちゃのようなものなら壊せたかもしれないが、この部屋の器具はかなり本格的なもののため男が本気で暴れても自由になることはできない。

「ぐはぁーっ、うぎぃーっ」

わたしは構わず、電動のエネマグラを強のまま前立腺に押し当ててやった。すると。

「んふっんふっ、ふぐおぉぉぉっ、んふーっ、あがぁぁっ」

上半身の拘束具を精一杯引っ張り、腰を突き上げ、ビクンビクンと身体を痙攣《けいれん》させ、ペニスからは大量の我慢汁を出し……。どうやら蒼磨は達したようだった。目が虚ろだ。

「ふーっふーっふーっ、ふーっ、ふーっふーっ」

蒼磨の荒い呼吸音。一瞬、場が静まった。

琴乃が配信を切ったようだ。あまり長い時間流し続けるのも、場所を特定されたら危険と思ったらしい。

「うわっすごいね。おちんちん周り、びしょびしょに濡れてる。でも、しぼんでない、不思議」

「そうなの。だって射精してないからね。男の快楽地獄ってやつ。蒼磨くんにとっては忘れられない夜になったかなぁ……。お尻が気持ちいいってことを教えてあげられて良かった。次はベッドで楽しもうよ、琴乃。せっかくのこんな大きなおちんちんで、いっぱい遊びたいじゃん」

そういうと、琴乃はふう、と溜息をついた。

「泉、わたし帰るね」

「え？」

「気が済んだから。後のことは、任せるわ」

「そうなの？」

琴乃の表情は、案外すっきりとしていた。

「ようやく、わたしの虚しい恋が、終わったわ。ありがとう、泉」

部屋を出ていく琴乃を見送ると、わたしは蒼磨と二人きりになってしまった。

（うーん、どうしよう）

一瞬そう思ったが、わたしはこれからが本番と思っていたので物足りなく、続きをやることにした。

そんなわけで、まずはベッドに移動させることにした。ここはＳＭ部屋だから、当然拘束ベッドになるけれど。

「もう、許してぇ。女王様、お許しくださぃぃ、ふぐぅっ、うはぁぁ」

蒼磨をベッドに大の字で固定し顔の上に跨《また》がり、ヌルヌルになったヴァギナをひたすら舐めさせた。拘束はしているが、アイマスクとボールギャグは外してやった。舐めさせたかったので。

「ああんっ……」

蒼磨の顔はわたしの汁でベトベトになっている。だってずっと、興奮して濡れまくっていたのだ。

「もっと、強めに舌で押してよぉ……そこじゃないよっ、もっと……そうそう、そのあたり」

命令して舐めさせながら、奥からどんどん溢れてくる淫汁をたっぷりと飲ませてやった。鼻と口を同時に塞《ふさ》ぐようにすると息苦しさに暴れて顔を振るのだが、それさえもすごく気持ちいい。わたしは頭を両手で押さえつけ、さらにヴァギナを押し付けた。

「くはぁぁ、ふぐぅっ、お、お許しくださぃぃぃ」

「ふふ、わかってきたじゃない。ねえ、蒼磨くん、射精したい？」

「んふぅっ、ふわぁいぃっ、しゃ、しゃせえ……しゃせえしたい、しゃせえしたいですぅ」

「まだまだ、無理だよぉ？　だって蒼磨くん、舐めるのいまいちヘタクソなんだもん。こんなんじゃ射精はさせられないなぁ」

「しゃせ、え、しゃせえさせてぇぇ」

わたしは右手の二本の指でヴァギナをぱっくりと開くと蒼磨の眼前に晒し、見せつけた。

「クリトリスもちゃんと舐められないなんて。そんなんでよくホストが務まったね。この程度で射精したいなんて生意気」

本当は気持ち良かったけれど、そう意地悪を言ってやると、拘束された身を捩りながら必死に謝ってきた。

「も、もうしわけぇ、ございません、もっとちゃんと、舐めますぅ、舐めますからぁ」

「ヘタクソだからもう舐めなくていいよ。じゃ、おしっこ飲んで。零《こぼ》したら射精はナシね」

「ん、ふ、うぁぁ」

「ほら、口開けて」

さんざん淫汁も飲ませたが、そのついでにおしっこもすることにした。トイレ代わりだ。蒼磨はもうなんだっていいのか、ちゃんと口を開けてごくごく飲んでいた。

「ふふ、いい子ね。ちゃんと気合見せてくれたんだね」

おしっこだらけになった顔をタオルで拭《ふ》いてやり、わたしは腰を下にずらすとまだまだカチカチの蒼磨のペニスを握った。

「入れるよぉ……。あ、あぁぁ」

ずぶずぶと入っていく。大きくて、奥まで届く。想像通りすごく気持ちいい。ペニスの持つ凹凸《でこぼこ》が女のポイントに当たってくる感じ。

(ヤバい……これ、いいかも……さすが、カリスマホストのおちんちん。琴乃がハマったのも仕方ないかな)

ぬるぬるになっている蜜壺のその奥に押し当てるように……まずはじっくりと味わった。

「ん……あ、あぁぁ……」

浅く腰を上下させながら味わっていると、蒼磨は縛られた体で必死に腰を上げ、より深くわたしの中に入ろうとしてきた。

「あぁ、あ、あぁぁぁぁ」

思わず声が出てしまう。蒼磨も喘いでいる。

「あんっ、あっ……。蒼磨くんのおちんちん、すっごくいいよぉ……」

主に自分の気持ちいい部分に擦《こす》りつけるように動くたび、体がビクンビクンと痙攣する。中の動きに連動するように蒼磨の喘ぎも大きくなった。

「あぁぁ、イかせてぇ、女王様の中、めちゃくちゃ気持ちいい。俺も、しゃせえ……しゃせえさせてぇ」

「えー。まだ、ダメだよぉ……」

じゅぶっ、じゅぶっ、と部屋の中にひたすら粘膜の擦れ合う音が響いた。じゅぶっ、じゅぶっ、じゅぶっ……。

蒼磨の様子がおかしくなってきた。

「お願いですぅ……じょおう……さま……しゃせえ……しゃせえしたい……くるしいよぉ……この紐、おねがい……外して……もうダメだぁ、た、助けて、助けてぇ……」

わたしはペニスの根元の紐を触りながら蒼磨の顔を覗《のぞ》き込んだ。目の焦点がちゃんと合わない。僅《わず》かに動く膝や太腿をベッドに擦りつけるように動かしながら、ビクンビクンと身体を痙攣させ、蒼磨は必死に訴えてくる。

「しゃせえ……したいですぅ……助けてぇ」

（さすがに、限界かなぁ）

そう判断し、わたしはペニスの根元の紐をゆっくりと外してやった。そうしながら深く腰を落として、揺らす。

（あぁぁ、すっごくいいよぉ……）

「あ？　あっあっ、うぁぁっ、気持ちいいいいいっ」

蒼磨が急に跳ね上がるように体を動かしながら、腰をバウンドさせ始めた。

「あー、すげえ、あ、あぁぁぁぁぁーっ、うあぁぁぁぁっ、イクっ、イクイクっ、イクーっ、あーっ、出る、出るぅーっ」

せき止められていた精液が上がってきたのか、蒼磨は気が狂ったように叫びながら限界まで腰を振り上げ手足をバタつかせた。

「あ、あぁぁぁぁ、イクっ、ああーっ、出る、出るぅっ！　あぁぁぁ、すごいぃぃっ、あーっ、んぐっ、あ、あぁぁぁぁーっ、イクぅーっ」

精液は、どぶッと最初、溢れるように出たかと思うと、次の瞬間にぶじゅーっと噴き上がり、熱い精液がわたしの子宮口を直撃した。

「あ、あぁぁぁーっ、すごいぃぃ、気持ちいぃぃぃ」

（ヤバい！　これ完全に、花火が打ちあがってる！　花火どころか火山の噴火だよ！

もしかして薬の効果もあるの？）

「あー、すごいよぉ、わたしも、イっちゃうぅぅ」

精液の勢いもすごいが、それでもまだまだ出続けるし、腰の動きも収まらない。

「う、うぉーっ、まだ出るぅーっ、あ、あ、あぁぁーっ」

お互いに精液と淫汁でぐちゃぐちゃになりながら、腰を押し付け合う。

「すごい、あ、あぁっ……。も、もっとぉ……」

蒼磨の射精の勢いは止まらず、その後もだらだらと長く出た。こんなことは初めてで、わたしもすごく気持ち良かった。

(琴乃、素敵な機会をありがとう！)

そんなことを思いながら、わたしはさらにぐちょぐちょになるべく、腰を動かしてやった。

二度目の男子

（あっ……）

息を呑んで、目で追った。社内で久しぶりに悟《さとる》くんを見かけたから。社会人になって二年目、チャコールグレーのスーツ姿がそれなりに板についている。院卒だから二十六歳のはず。

（やっぱり、好きだなぁ……）

けしてイケメンというわけではないのだけれど、小柄で可愛く、とてもタイプなのだ。

わたしは都内で本社勤務だが、悟くんは千葉《ちば》にある研究所の所属だ。

入社してすぐの頃、研修で本社に来ていたときに、美味《おい》しくいただいて――要するにプレイの相手をさせたというわけなのだが――その日のうちに放流し、それっきりで、今に至っているのである。

(何しに来たんだろ？　あ、サプリメントのほうか)

わたしがいる加工食品の商品開発部には用がないらしく、どうやら健康食品の部署の会議に来たようだ。それなら顔を合わせることもないだろうと、少しホッとした。が、しばらくしてフロアで仕事をしていると……どこからか視線を感じた。顔を上げると数メートル先から悟くんがわたしを見ていて、目が合ってしまった。

あんなことがなかったら普通に挨拶するところだけど、少し迷って、わたしは目を反《そ》らした。

悟くんとは特に仕事での接点もないまま、研修が終わるころに行われた飲み会の日にお持ち帰りしただけだから、社内での態度としては何もおかしくないはず。

その後、悟くんはいつの間にかいなくなっていたので、てっきり研究所に帰ったと思っていたのだけれど……。

「泉《いずみ》さん」

退社後。駅に向かう途中の歩道で、背後から呼びかけられた。大きな車道に面しているから、周りはうるさくて、だからわりと大きな声だった。

「あ。悟くん」

「久しぶりですね」

「そうね……」

悟くんの考えていることがわからないので、注意深く返事をする。

「お話したかったんですが、社内では声をかけにくかったので、泉さんが出てくるのをずっと待っていました」

「そうなの。どうして？」

わたしに用事なんかないはずだけど。

まさか外で待たれているとは想像していなくて、かなり戸惑った。

（それに、今日はこれから約束があるんだよね……）

金曜日なので、映画を見てから、最近出会い系アプリで知り合った二十代のマゾ男と初対面することになっているのだ。まだ相手に関する情報が少なくそれほど期待してはいないが、向こうが積極的なので、とりあえず会って話してみようということになったのだ。だから今日のところは、プレイはしないつもり。

ちなみに待ち合わせの時間が遅いので、その前にひとりで映画を見ることにしたのであって、マゾ男と見に行くわけではない。

「よろしかったら、これから、食事をご一緒できませんか？　美味しいところにご案内いたしますので……。とても良い店を見つけたんです」

悟くんは相変わらずとても丁寧で紳士的で、

(やっぱり、好みだなあ……)

一瞬気持ちが動いたけれど、やはり先々を考えると、社内の人間でもあるし、これ以上ごちゃごちゃするのも気が進まない気がして、

「ごめんなさい。これから、約束があるの」

断ってさっさと歩き始めた。すると、悟くんも後をついてきた。まだ駅まではしばらくある。

「あの……お約束のお相手は、彼氏さんとかですか」

わたしは思わず笑った。

「彼氏なんていないよ。知ってるでしょう?」

「じゃあ、お友達ですか……」

そうだよ、と言ってごまかそうと思ったけど、歩きながら必死に追いかけてくる悟くんが可愛くて、意地悪を言いたくなった。

「ちがーう。SM出会い系で知り合ったマゾ男と約束してるの。わりとイケメンだから、いじめがいがありそうだなあと思って。ねえ、さっきから一体なんなの? 悟く

んもいじめてもらいたいの？」

「いえっ、あの、いや、俺は……」

「そうじゃないとしたら、わたしに用事なんか無いでしょ？　ねえ、言ったでしょ、あれっきりだって。もう、おうちに帰りなさい。そして、普通の女の子を見つけて普通の恋愛をしなさい」

諭《さと》すように言うと悟くんは立ち止まった。わたしはどんどん先へ行きながら、見送る悟くんの悲しそうな顔を目に焼き付けた。

（ふふっ、本当に可愛いんだから……その表情だけでわたし、オナニーできちゃいそう。大好きよ、悟くん。でも、さようなら）

悟くんはきっと、今日久しぶりに本社でわたしを見かけて、あのときのプレイを思い出して、またして欲しくなったのに違いない。でも……、あれっきりにしておくのがお互いのためだと思う。

（まだ若いんだし、あんなのが癖になったらダメ。普通のセックスも無かったみたいだし、悟くんは可愛い女の子と付き合って、結婚して、幸せになってほしい……）

悟くんを振り切ってさっさと駅まで行き、電車に乗って渋谷《しぶや》で降りた。

一月の半ばなので、一年で一番寒いはずの時期だけど、今日はさほどでもない。マフラーもバッグにしまったままだ。わたしの故郷は雪が多いのだが、東京は降ってもすぐ溶けてしまう。

駅から少し歩いて、ラブホテル街にほど近い映画館に入る。昔からあって、そんなに大きくない。わたしにとってはわりと落ち着く場所なのだ。もう見る映画は決まっていて、チケットも買ってある。

今日は映画を見ながら晩御飯を済ませてしまおうと思っていたので、ホットドッグとコーヒーを買って席についた。おひとり様であるわたしは、明日は会社が休みというときに、時々これをやっている。このあとは、普段であれば映画館を出たらそのへんでビールを一杯くらいひっかけて、家に帰って寝てしまう。ちょうどいい週末の過ごし方なのだ。

（うーん。マゾ男と会う前に見る映画ではなかったかもなぁ……）

失敗した。純愛ものだった。時間を合わせようと思ってろくに内容を確認していなかったのだ。

（中世ヨーロッパの羊飼いが出世して貴族になる話って書いてあったのに、これがまさかの純愛ものだとは……）

それはそれでけしてつまらないわけではなく、面白かったので、わたしはホットドッグを食べながら心配したり喜んだりし、最後は涙してしまった。純愛で、しかも悲恋ものだったので。

「純愛、かぁ……」

映画館を出たところで待ち合わせをしていたので、周囲を見回すと、それらしい男がスマホをいじりながら立っていた。

(わ。思ったより大きいな)

出会い系あるあるだけど、写真より太っている。そして、想像よりも身長が大きい。全体的にガッチリ系だ。安っぽいダウンジャケットを着ていて、なんだか冴《さ》えない。

(下向いてるから顔がわかりにくいけど、たぶんあれだよなぁ)

顔写真ではまぁまぁイケメンだったのだけど、もしかしたらだいぶ盛《も》っているのかもしれない。はっきり言ってイマイチ。

(年齢、二十八とか言ってたけど、嘘かも。下手するとわたしより年上かも……)

年上がダメなのではない。嘘をつくマゾ男が嫌いなのだ。マゾ男は女王に従順であるべきで、自分の全てを女王にさらけ出せる――もちろんそれは、二人が決めた範囲で良いし、わたしが許容する範囲であれば、言いたくないことは言わなくても構わないのだが――男でないと務まらないからだ。

大きくてガッチリ系にも、マゾは多くいる。それはわかっているけれど、こちらにも都合があって、彼らはいまひとつわたしのタイプではないのだ。ただ、本当に服従する気があるのであれば、プレイそのものは構わない。見た目がそこまでタイプじゃなくても、相手を気に入るかどうかは、相性もあるし、人による。ただし、甘えたいだけのマゾ男は、ごめんだ。

(でも……どうしようかな。あまりいい感じ、しないなぁ……)

迷っていると男が顔を上げてこっちを見た。思った通り、写真はかなり盛っていたようで、顔もイマイチ……。完全にハズレだ。が、目が合ってしまい、向こうが近づいてきてしまった。

「里美《さとみ》さんですか？」

「はい。ケイタ……さん？」

「ケイタです。初めまして。あー良かった、きれいな人で。少し、歩きません？」

(なんか、ノリが軽いな)

軽くていい感じの男もいるし、不快な男もいる。ケイタは完全に不快なタイプだった。

逃げ出すわけにもいかないので仕方なく一緒に歩き始めたが、どこかでお茶だけ飲んで帰ろうと心に決めた。もともと、ケイタのほうから早く会いたいと急《せ》かしてきたのだから、失礼には当たらないはずだ。

ケイタはひっきりなしにべらべらしゃべっているが、全然耳に入らない。話題に知性がないというか……。とにかくつまらない。けれど、ずっと黙っているわけにもいかないので、一応返事はしていた。

「三十六歳にしては若く見えますね！　来るときドキドキしてたんですよ、おばさんだったらどうしようって」

「そう？　ケイタは二十八歳にしては落ち着いてるね」

絶対年をごまかしていると思ったから嫌味のつもりだったが、

「よく、そう言われるんですよぉ！」

ケイタは明るく答えていた。なんだか話題も表情もバカみたいで、お茶を飲む気にもなれない。

「うれしいです、里美さんが想像よりもぜんぜんきれいな人で！　三十代後半なんてもうアラフォーじゃないですかぁ。ほんと心配だったんですよ」

「だったら最初から、若い女の子を狙えばいいじゃない？　おばさんが来るかどうかドキドキするくらいなら」

イライラしているので、ついタメ口になってしまう。気分が良いときにもなるけれど、わたしは初対面では、普段は礼儀を守るほうだ。

「そうなんですけど、若い女の子はなかなか会ってくれないんですよぉ」

「ふうん。ねえ、ケイタはどれくらいのマゾなの？」

面倒くさいので、はっきり聞いてみることにした。そこを聞かないとどうしようもない。

「えーっと、たまにはそういうのもいいかなぁって」

やっぱりろくにやりとりもせず会うものではないなと思った。普通の出会い系よりも刺激がありそうだから、くらいの気持ちでSM出会い系に登録したのだろう。

(話にならないよ……)

「うーん。わたしはもっと、本気のマゾ男を募集してたんだけど。ケイタはそうじゃなさそうだね」

「ええっ、そんなこと言わないでくださいよぉ。がんばりますからぁ」

(がんばるって何をがんばるつもりなのよ！)

マゾなんて、がんばってするようなことじゃない。何を言っても話が通じない気がしたので、わたしはため息をつきながら言った。

「そこのカフェ、入らない？」

どこにでもあるチェーン店を指さすと、ケイタが言った。

「もうちょっと行ったところに、もっといいところがあるんですよ」

「そうなの？」

仕方なくもう少し先まで行くことになった。歩きながらも、ケイタが体を寄せてこようとするのが気になる。そのうちに、

「ここ、入りましょう！」

いきなり言われ、腕を掴《つか》まれた。そこはどう見ても、ラブホテルの入り口だ。

「ちょっと、やめてよ！　わたしそんなつもり、ないから」

「いいからいいから。だってセックスしたいんでしょ？　いっぱいしてあげますよ、だから遠慮しないで」

腕を掴まれて、肩を抑えられた。わたしは女王様だけど体力は普通だから、こんなガッチリした大きな男に抑えられたらひとたまりもない。

「ふざけないでよっ、とにかく放してっ」

「うわ、いいおっぱいしてますね。これは期待できるなぁ」

ケイタはわたしの話など全く聞いておらず、暴れていたらふわっと足が浮いた。抱

えられたのだ。

(やばい！　本当に連れ込まれちゃう！)

わたしはケイタを押しのけようと、さらに抵抗した。

そのとき。

「その女性を放せ」

背後から、聞き覚えのある声がした。

(え？　悟くん？　なんでここに？)

「なんだお前」

「その女性の知り合いのものだ。いいから放せ」

「は？　なんでお前なんかの言うことを聞かなきゃなんねーんだよ？」

ケイタが凄《すご》んだ。

「さ、悟くん、やめなよ、危ないよ！」

思わず叫んだ。

(悟くんがケガでもしたら大変！)

次の瞬間——、悟くんがケイタに何かして、わたしはあっという間に解放されて、
怒ったケイタが悟くんに殴りかかって、でも……。

　ほんの数十秒の間に、地面に倒れていたのはケイタの方だった。悟くんがケイタに何をしたのか、わたしにはさっぱりわからなかった。

「泉さん、行きましょう。大丈夫です、男にケガはさせていません。驚かせただけなので。でももう、向かっては来ないと思います」

　見ると確かに、ケイタは呆然《ぼうぜん》としていてる。とりあえず、戦意喪失状態のようだ。

「さ、こっちに」

「う、うん」

　確かに、この場はもう離れたほうがいい。警察なんか来ちゃったら面倒だし、困る。

　わたしと悟くんは走り出した。

　そして、身を隠すつもりで、目についたワインバーに入った。前に来たことがあるような無いような……たぶん初めて。

「ねえ、さっき、何をしたの？」

　とにかく落ち着こうとスパークリングワインを飲みながら、悟くんに尋ねた。

「大したことはしていませんよ」

「でもあんな大きな男……怖かったでしょ」

「ああいうのは怖くないですよ、ただ大きいだけですから」

「そういうもんなの？　なんで？　普通は怖いでしょ」

「んー、学生時代は空手をやってて……」

「空手……」

「そ、そうなんです」

「三段なんだ。華奢《きゃしゃ》なのに」

それがすごいのかどうなのか格闘技を全く知らないわたしには判断できないけれど、三段っていうのは、なんだか強そうだ。

「就職してやめてしまったので、すっかり筋肉落ちちゃってますけどね……もともとは、体が小さいからって、子供の頃親に道場に入れられたんですよ」

言われてみれば、悟くんは華奢だけど、けしてだらしない、貧相な体はしていなかった気がする。

そのときはまさか、昔鍛えていたからだとは思わなかったけれど……。

(うーん、どうしよう。ちょっと、興奮してきちゃった……かな)

悟くんの体を思い出し、なんだか下腹部が熱くなってきてしまった。よくない傾向だ。

「それにしても……さっきはありがとう。でも、どうしてあの場にいたの？」

わたしは何気なく尋ねたのだけど、悟くんの表情が曇った。

「ええっと。すみません、あのあとずっと、泉さんを追いかけていたんです」

「え？　ずっと、って」

「ずっとです。映画も見ました。誰かと会うっていうのは、俺を撒くための嘘だったのかなぁとか……映画館を出たら話かけるつもりだったんです。そしたらあいつが出てきて」

「映画館にも入ってたの？」

なんだか複雑な心境だ。まさか、後をつけられていたとは……それに全く気がつかなかったなんて、わたしもどうかしているし……。それに……。

「ねえ、それってストーカーだよ！」

「は、はい、すみません。でも、どうしてもお話したかったし、それに、心配で……」

その心配はばっちり当たったわけだから、あまり責めるのもどうかと思ったけれど、それにしたって女の後をつけて歩くなんて。

「ほんと、情けないのね。犬みたいに追いかけまわして。恥ずかしいと思わないの？」

「申し訳ありません……」

「人の後をつけ回して、謝ればすむなんて思わないでね。それに、映画……」

わたしは怒ったふりをしていたけど、本当は怒っていたんじゃなくて、なんだか恥ずかしかったのだ。

(マゾ男に、純愛物の映画を見ていたことを知られるとは……)

不覚である。女王様としてあるまじきことだと思う。

「ところで、映画面白かったですね。特に主人公の羊飼いが出世して貴族の娘である初恋の少女に再会するところとか……」

「あのね、わたしは中世の羊飼いの生活に興味があっただけで、映画の内容なんてどうでも良かったの」

「そうだったんですね、すみません」

悟くんはというと、そんなわたしの気持ちをわかっているのかいないのか、うれしそうに言葉を続ける。

「でも俺、ずっと泉さんに会いたいと思っていたから、こうやって一緒に飲めて今すごくうれしいです」

(そう言われても……)

困ってしまう。悟くんのことを可愛い、好きだ、という気持ちがあるし、助けてもらったという経緯があるからこうしているけれど、そろそろ振り切らなきゃと思う。

「へえ、口が上手くなったのね。でも、まだまだって感じ。もっと修行してから、また誘って。じゃわたし、そろそろ失礼するね」

　席を立とうとすると、

「えっ。ちょっと待ってください」

　肩に手を置かれてしまい、立てなくなってしまった。

「実は、ちゃんと修行っていうか、ここ一年で俺もいろいろがんばったので、その話を聞いていただけませんか？」

（え？　修行？　一体何をがんばったって言うの？　まさか……マゾの？）

　わたしの頭の中を、いろんな女王様に責められる悟くんの姿がぐるぐると廻った。これまでそんなことを具体的に想像したことは無かっただけに、なんだか胸がぎゅっと掴まれた感じになった。

「わかった。話して。どんなことをしたの？」

　ワインをボトルで頼み、えんえん飲みながら悟くんの話を聞いた。

　まずは出会い系でマッチングした女性と普通に経験したこと。ＳＭクラブで調教を受けたこと。その後、ＳＭバーに何度か出入りし、そこで出会った女王様に身をゆだねたこと。

「ふ、ふーん」

平気なふりをしていたけれど、ぜんぜん平気じゃなかった。

不思議なくらい、気持ちが揺れた。

こんなことは、普段は全くないことだ。

でもがんばって、何を聞いてもつまらなそうに応対していた。

(普通の女の子と普通の恋愛をしてくれたらいいと思っていたのに……)

それがきっと悟くんの幸せ、って思っていたのに。

(まぁ、でも仕方ない。悟くんも楽しんでるってことなのよね。だったら、そうすればいい……)

「そんなわけで、けっこう修行したんです」

悟くんの話が終わった。

「そうみたいね。引き続き、がんばって」

それくらいしか、こちらは言うことがない。

「だから……。修行もしたので……。泉さん、俺とまた、お願いします」

悟くんが見つめてくる。真剣なまなざしだ。わたしは対応に困ったけれど、茶化すことにした。

「んー、でも、まだまだな気がするな。もうちょっと修行してからね」

そう言うと悟くんが不満そうな表情になり、珍しく言い返してきた。

「そんなこと言って……もしかしたら泉さん、俺を満足させる自信がないのでは？」

(は？)

悟くんもけっこう飲んでいるし、わたしもけっこう飲んでいる。でも悟くんはお酒には強いはずだ。ぐだぐだに酔っているとは思えない。それなのにわたしに対してこんな口の利《き》き方をするなんて。

一瞬黙ってしまったが、腹の底からふつふつと怒りが湧いてきた。だいたいがさっきから、ずっと気に食わなかったのだ。出会い系の女や、ＳＭクラブやバーの女王様と経験したこと。それらを意気揚々《いきようよう》とわたしの前で話したあげく、『俺を満足させる自信がないのか？』だなんて。

わたしは悟くんの目を見つめ返し、笑顔で言った。

「ねー、悟くんって、死にたいのかな？　ねえ、殺されたいの？」

今日初めてちゃんと、悟くんの顔を正面から見た気がする。

悟くんの目が光った気がした。

「泉さんになら……殺されたいです。俺、死んでもいいです。だから……泉さん、どうかお願いします」

「そう。今の言葉、忘れないでね。じゃ、行きましょう」

わたしたちは席を立ってワインバーを出た。

「よく似合ってるよ」

「は、はい……」

自宅マンションの寝室。いつかまたここに悟くんを連れて来たいって、本当はずっと思っていた。

「ほんと、よく似合うね、わたしの高校時代の制服……」

小柄だから、ちゃんとは無理でも、なんとか被《かぶ》せる程度に着せることができた。プリーツスカートに、ブレザー、丸襟《まるえり》のブラウス。わたしの田舎では、いちおう名門と言われていた女子高の制服だ。デザインは地味だけれど、コスプレ用の衣装ではないから、それなりに迫力というか、本物感がある。

「どうしたの？　なんか、顔も胸元も、スカートからはみ出してる足も、ちょっと赤いよ？　ふふっ、耳も、真っ赤」

「こんなの、初めてなので」

「女装が、ってこと？　これくらい、どうってことないでしょう。悟くんはいろいろ修行してきたみたいだからさ」

「それに、この椅子……」

「この椅子は初めてじゃないでしょ。空手三段って聞いちゃったから、拘束はしっかりさせていただきました」

　久しぶりの獲物に、年代物の拘束椅子も喜んでいるように見える。大学時代に、マゾの教授から受け継いだドイツ製の高級品。普段からきちんと手入れをしているから、金具や動作性には問題がない。

　わたしの高校時代の制服を着せられ、四肢を金具とベルトで拘束されて、耳まで赤くなっている悟くん。もう可愛くてしょうがない。

（好き。大好き……）

　胸がきゅんとする。こんな自分は異常かもしれないけれど、変えられないのだから仕方ない。悟くんの目が次第に発情したように潤んできているのをわたしは見逃さなかった。

手は上げさせて顔の脇あたりで固定し、足は太腿《ふともも》と足首を一度固定すれば、そのまま足を広げさせたり上げさせたりすることができるので便利だ。股間と尻の部分のシートは、取り外し可能になっていて、今は調教のため外してある。

「さっき、生意気なこと言ってくれたじゃない？　その罰は、これからたっぷり与えてあげるからね」

「は、はい、すみません、ありがとうございます」

「お礼なんか言ってる場合？　どんな目に合うかわからないのに」

「うれしいです……」

「本当に変態なのね。ところで、わかってると思うけど、もし少しでもその制服を汚したら……どうなると思う？」

「わかりません……」

「二度とここから出られないかもね」

「え……」

「わたしの言ってること、冗談だと思う？　もし怖いなら、今すぐなら、帰らせてあげる」

「いえ、帰りません」

「ふうん。バカね、帰るなら今のうちなのに……」

わたしは赤い首輪を取り出し、悟くんにつけさせた。

「もう逃げられないからね？」

悟くんはさらに上気している。

「ところで、これはどうしたの？」

ちょうど股間のあたり。スカートが持ち上がっている。勃起《ぼっき》しているのだ。

「まさか、もう大きくしてるんじゃないよね？　下着も全部脱がせてあるのに、もし少しでもスカートを汚したら……お仕置きなんだよ」

「すみません、すみません……」

小さな声で悟くんが謝る。

「大丈夫なのよね？」

「は、はい……」

「そう」

わたしはスカートを握ってさわさわ動かしてあげた。亀頭のあたりが擦れて気持ちいいはずだ。

「あ、あ、やめてください……」

めくりあげてやると、予想通りペニスは大きく勃起しており、鈴口からは透明な先走り汁が少し漏れていた。

（そうだった。悟くんのおちんちんは、けっこう大きいんだよね）

そう思いながら、

「ちょっとぉ。なんかへんな汁が出て、わたしのスカート汚しちゃってるじゃない。どうしてくれるの？」

軽く難癖をつける。

「申し訳ありません、ご、ごめんなさい」

「悟くんはお子様だから、我慢ができないんだね。仕方ない、これから我慢の仕方を教えてあげるね」

上手く言えないけれど、まるで天から光が降りてきて、わたしの脳のどこかにシューっと刺さってくる感じ。ものすごく気持ちよくて、その気持ちよさが全身を支配する。大好きな男の子を調教するという喜びに、体中が震える。

本当は、制服なんてどうだっていいし。プレイに使えるかなぁと、年末に実家に帰ったときに持ってきたものなのだ。こんなにすぐに役に立つとは思わなかった。

ローションを取り出し、上から亀頭に向かって細く垂らした。ちなみに、汚れてもいいように、拘束椅子周辺の床には犬用のペットシーツを敷いてある。

「もうぬるぬるの汁が出てたけど、もっとぬるぬるさせてあげるね。そのほうがいいでしょ？」

勃起したペニスを、優しく撫でまわす。すぐにイかせるつもりがないのだから、力は一切入れない。そっと指を絡《から》めるように柔らかく竿を握って、亀頭を撫でながら指の股にくぐらせる。時々水かきの部分をカリ首に引っ掛けてあげるようにすると、たったそれだけなのに悟くんがいい声で鳴き始めた。

「あ……あ……あぁぁ」

男の子は気持ちよくなってくるとすぐに腰を突き出そうとしてくる。こっちがやわやわとすればするほど、もっともっとと切ない声を上げ始めるのだ。でも悟くんの場合、腰ベルトで固定されているから動かすこともできず、喘ぎながら頭を浮かせたりしていた。

「もー。ダメだなぁ、気持ちよくなるの早すぎるよ。今日は足腰立たなくなるまで犯されちゃう予定なのにぃ……。ねえ、他の女王様にも調教してもらったんでしょう？どんなことしてもらったの？」

「ん……あ、あぁ……。き、緊縛《きんばく》とか……」

「もちろん、お尻も、でしょう？」

「い、いえあの……それは……」

「前もしてあげたじゃない。すっごく感じてたよ。ふふ、期待してたくせに」

うれしいので知らず知らずのうちににこにこしてしまう。

制服を着せる前にイチジク浣腸を渡して、中身はトイレで出させてあるのだ。女王様に会う前にお腹をきれいにしてくるのは奴隷として当然の務めなので、もちろんシャワーも浴びさせた。

ローションでぬるぬるにした亀頭をむににと触りながら、ローションを付けた指でお尻の穴周辺をぬめらせ、右手の人差し指をそっと差し込んだ。

（ん？　修行してたにしては、きついかなぁ）

前に弄《いじ》ったときから、さほど変化が無い気がする。でも入らないということもないのでそのままコリコリした部分を探した。

（確か。このへん……）

「んはぁっ、あ、あぁっ」

悟くんの前立腺探しは楽しい。だいたいここだな、というところがわかったので、そっと指で、くすぐるように優しく撫でる。そして、空いてる左手の指の腹で、そっと亀頭を撫でてあげると、悟くんは身もだえし始めた。

「あ、あぁぁ……」

じわじわ、じわじわ、じわじわ、弄ってあげる。それでいて竿は触ってあげないし、もちろんしごいてもあげない。

前立腺をくすぐられながら、亀頭をやわやわ撫でまわされても、イくにイけないいま快感が溜まっていくので、どんどん苦しくなるはずだ。

「ねえ、すごいよ。我慢汁がいっぱい出て来ちゃった」

亀頭の先が、ローションなどなくてもどんどんぬめってくる。悟くんは太腿や足を必死に突っ張らせ、悶《もだ》えている。

「あ、あぁぁ、泉さん、い、イきたいです」

「何言ってるの。そんなのまだまだ先だよ」

そう言いながら、ペニスとお尻の穴弄りをやめて、ぎゅうっと抱きしめてキスをした。

「だって悟くん、死んでもいいって言ったじゃん……。こんなんじゃ、まだまだ殺せないよぉ……。大好きだよ」

わたしは普段、マゾ男とはキスしない。でも、悟くんとはキスもしたい。

悟くんの上半身に着せた、ジャケットやブラウスの前をはだけさせる。小柄なのに意外と筋肉がついている、引き締まった上半身に甘えるように顔をすりつけて、もういちどキスをした。舌を入れると、悟くんも舌を絡ませてくる。気持ちよくて、少しの間そうしていた。

「泉さん……」

悟くんの潤んだ眼。ますますいじめてあげたくなった。

「好きよ、悟くん」

わたしは体を離し寝室を出てダイニングキッチンに行き、冷凍庫を開けた。そして中から十センチ四方くらいの保冷剤を取り出す。

(このままじゃさすがに、冷たすぎるから……)

ガーゼの布巾《ふきん》にくるくると包んだ。少し冷たさが和らぐ。それを少しの間握り、寝室に戻った。

悟くんはわたしが何を手に持っているのかわかっていない。ま、見てもわからないだろうけど。相変わらずペニスがそそり立っていた。

「興奮しちゃってるから、なかなか小さくならないねえ……」

拘束椅子の隣にドレッサーのスツールを移動させる。立ったまま手を伸ばし、指先でつーっと竿部分を撫でる。すると、まるで喜ぶかのようにびくんと動いた。

ベッドサイドのチェストから道具を取り出し、スツールに腰掛けた。

「この一年の間にいろいろ経験したんでしょ？　これは使った？」

「……それ、何ですか？　まさか……」

「前にしたときは、初めてなのにかわいそうだと思って使わなかったんだけど、いろいろ経験したならいいよね。これは男性用の貞操帯。見ればわかるでしょう？　調教してくれた女王様は使ってくれなかったの？」

「使ったことありません」

「そう。じゃ今日は試してみようね」

「え、でも、どうやって……」

「こうするんだよ」

わたしは保冷剤をガーゼの布巾で包んだものを、悟くんのペニスに当てた。

「あっあっ、冷たい、あ、ああ」

悟くんが悲鳴をあげる。そんなことには構わず、袋の部分や竿の部分、亀頭、いろんなところを冷やし続けた。

「ちょっと我慢してね。だってこうしないと、入らないんだもの」

大きく勃起したペニスの精液は出させないまま、無理やりに冷やされるのだから、なかなかつらいはずだ。

「あぁっ、や、やめてくださいぃ」

「マゾ奴隷のくせに、これくらいで何言ってるのよ」

なんとか入るくらいまで小さくなったので、貞操帯を取り付けることにした。

「あ、あぁ、それ、嫌です、だってそれ……」

「これでも少し大きめ選んであげたんだから、感謝してよね。もっと小さいサイズで苛《いじ》めてあげることだってできるのよ？」

「でも。あ、あぁ……」

メタル素材の貞操帯で、檻《おり》のように隙間《すきま》があるタイプ。

「根本、縛っておこうかな。出ちゃったらまずいもんね」

「え？　あの……」

「悟くんは出したいだろうけど、わたしは出ちゃったらつまらないんだもん。諦《あきら》めなさい」

それにしても、それほど経験を積んだとも思えず、どれくらいの激しい調教が可能なのかちょっと読めなかった。

でも、

（修行を積んだって言うんだから、手加減しないからね！）

わたしは紐《ひも》を取り出しながら思った。

「縛るよ」

「あ、あぁぁ、それはやめてくださいぃ」

これで精液が出せなくなる、ということが感覚的にわかるのだろう。悟くんは情けない声を出した。

「大丈夫だよ。わたしこれ得意だから。微妙な強さが大事なんだよね。外れちゃだめだし、締めすぎてもよくないの」

鼻歌交じりの上機嫌でペニスの根元を縛り、さらに貞操帯をセットする。

「わーいい感じ。絶体絶命だねえ、悟くん」

「い、泉さん、助けて……」

「わたしに言うの？　バカでしょ」

面白くて仕方ない。

クローゼットから道具箱を取り出した。たくさんあってチェストには入りきらないのだ。

「じゃ、まずはこれからかな」

乳首を開発する、という触れ込みのグッズを取り出した。

「悟くん、感じやすいのに、まだちゃんと開発されてないみたいだもんね。これ、吸い出して刺激してくれるからちょうど良いかも」

カップタイプだと男の胸には取り付けしずらいので、乳首専用機を用意している。乳首に嵌まるようにきちんと取り付け、簡単に外れないように医療用テープで貼り付けた。スイッチを入れると、ブーン、とモーター音がし始めた。

「あぁっ……」

「どう？」

「き、気持ちいい、です……」

「変態ね」

「うっ、うぅ……でも、あ、でも、あぁぁ」

見ると、さっき冷やして無理やり小さくしたペニスが再び大きくなろうとしているのがわかった。でも大きくなれないので、つらいのだろう。

「良かったねえ、今日はいっぱい苛めてもらえて。幸せでしょう？」

指先にローションをつけ、再び人差し指をお尻の穴へ。前立腺をなでなでしてあげると、どんどん声が大きくなってくる。

「んあぁぁ、泉さん、お願いですぅ、貞操帯を外してください」

「ん？　ダメだよぉ。今日は最後まで出せないかもね。そのまま悟くんは死んじゃうの」

「それは嫌ですぅ、どうか許してください」

「寸止めしながらずーっと苛めてあげるんだから、もっと喜びなさい」

触っていると、前立腺の膨らみでどれくらい感じているのかなんとなくわかる。気持ちいいけど感じすぎてダメにならないように調節しながらすりすりし続けた。

「あー、あー」

のけ反ったり手足を突っ張ったり、腰をわずかに上げ下げしながら必死に尻の穴をぎゅっとしめつける悟くんが可愛くて、ずっと見とれてしまう。

「もうちょっとお尻の穴、広げといたほうがいいみたいね」

別の責めをするためにいったん指を抜き、細めのアナルバイブにローションを塗りたくって差し込んだ。お尻側なので、抜けないようにテープで軽く固定する。穴を閉じさせないためだ。とりあえず弱でスイッチを入れる。さっきは前立腺をピンポイントで指弄りしてあげたけれど、今度は周囲を含めて曖昧にという、じわじわとした地獄の責め。

「泉さん、お願いです、この貞操帯を外してください、紐もほどいてください」

それほど暖房を強くしているわけでもないのに、悟くんの肌には汗が滲《にじ》んでいる。

体中に力を入れている証拠だ。

「お尻、緩めてごらん？　身を任せるの」

「う、う……」

「さて、これは何でしょう？」

いわゆる、大人のおもちゃではない。日用品。

「え？　電動歯ブラシ？」

「正解！」

ブラシは柔らかいものにしてある。スイッチを入れると、まずは悟くんの脇の下に当ててみた。

「あっ、あぁぁっ、ちょ、やめてくださいっ」

必死に身を捩《よじ》る悟くんを眺めながら、じわじわと動かす。

「あっあっあぁあっ」

「思った通り敏感だねえ。若いからかなぁ」

面白いのでやめられなくなってしまった。しかし、声が大きくなってしまい、ちょっと気になってきた。

「ここ、いちおうわたしの家だから。隣に聞こえちゃうでしょ？　はい、これ咥《くわ》えてね」

「ええっ、いやですよぉ」

「いいから」

ボールギャグを咬《か》ませる。シリコン製だから痛くはないはず。

「んぁ、あ、あぁぁぁぁ」

右脇、左脇、脇腹、へそのあたり……。次々に責め続け、最後は足の裏と、指、指の股をこちょこちょと責めてあげた。

「ひぁぁぁっ、んひぃぃぃぁぁぁ」

(ほんと、面白い……)

空手三段だろうが、なんだろうが、こうなってはおしまいだ。うちの拘束椅子はドイツ製の頑丈《がんじょう》なもの。ゲルマン系のデカい男がここで果てられるように作ってあるのだから、日本人の小柄な男が多少暴れたところでどうにかなるものではない。

(やっぱりこのほうが責めやすいな)

あれこれしゃべられると気が散ってしまう。勃起しているうちは責めをやめない、という単純なやり方が自分には合ってる。

「じゃ、おまちかね。おちんちん苛めしてあげるね！」

電動歯ブラシを悟くんの目の前で左右に振る。お茶目を装ってはみたけど、悟くんはぜんぜん笑ってくれなくて、目が潤んでいた。

「これだと、隙間に入るからいいんだよね」

貞操帯の隙間から電動歯ブラシを差し入れる。半勃ちのペニスの裏筋あたりにそうっと当ててあげると、悟くんが暴れ始めた。

「はぐぁぁ、うあぁぁ」

「ちょっと、うるさいよ」

ギャグを咬ませてもけっこう声が漏れるので、いったん首輪を取ってから顔部分を大き目のバスタオルで覆い、その上から首輪をした。これで多少動いてもタオルは外れない。悟くんは嫌がって、首輪を装着させている間は頭を振って暴れていたけど、許さなかった。

（これくらいなら窒息はしないはずだけど、こうやってちょっと強めに首回りを締められるのは怖いはずよね。ますますおちんちんが敏感になっちゃうかな？　楽しみ）

「暴れたり声を上げたりすると、もっといっぱい布被せて、苦しくしちゃうよ？　だから大人しくしなさいね」

耳元で言ってあげると、悟くんは少し静かになった。

お尻の穴にはずーっとバイブが入れられていて、乳首も責められ続けている。そして貞操帯の隙間からは、電動歯ブラシ。

「すごい、おちんちん真っ赤だよ。これは痛いかなぁ？　でも気持ちいい？　痛気持《いた》ちいいって、きっとこういう感じかな？」

裏筋にそっと当てたり、ちょっと強めに当てたり、撫でたり。亀頭の周りをコネコネしたり。悟くんは体を必死にくねくねさせながら、タオルの奥で変な声を出していた。

「ぐひぅぅぅ、んあぁはぅあぁぁぁぁんぁぁぁ」

「ふふっそんな声出しちゃって。ずいぶんと気持ちいいんだね」

「んひぁぁぁぁ、ふあぁぁぁぁ、はぁぁぁ」

「そろそろ後悔してるのかな？　だから言ったじゃん、死んじゃうよって。悟くんはもう、ここから出られないんだよ。わたしの飼い犬になって、裸で四つん這《ば》いで暮らすの。お尻からバイブ垂らしながらね。素敵でしょ？」

耳元でそう言いながら、お尻のバイブをゆっくり抜いた。

「ふあ？　んふぅ」

悟くんが少しほっとしたようなため息をつく。それを眺めながら、わたしは道具箱からエネマグラを取り出した。電動のタイプだ。

アメリカの医師が開発したと言われるこの器具は男の前立腺をマッサージし、溜まった古い前立腺液を絞り出し、前立腺炎の治療に使われるものだというが、一般的には性具として普及しており、その威力は効果てきめんだ。

見えないだろうから、伝えてあげる。

「ねえ、次はエネマグラ使うよぉ。修行したんだから、これくらいは知ってるでしょ？」

「んふ、ふぁ、ふぁぁ」

首を左右に振っているが、それは知らないという意味なのか、使われたことがないという意味なのか、よくわからない。ただ、その姿は面白かった。顔をバスタオルで覆われて、まるでてるてる坊主みたいに首元を絞められて、ぶんぶんしてる。

「ま、名前くらいは聞いたことあるんでしょう？　なんたって変態マゾなんだから。そうそう、さっき、『俺を満足させる自信がないんじゃないか』なんて生意気なこと言ってくれたんだけど、そう言われたからにはわたしもがんばらないとね！　悟くんはよっぽど修行を積んだみたいだから、きっとなかなか満足しないでしょう？」

「んあー、んあぁぁぁぁ、ふぁぁぁぁ」

悟くんのさらに強く、首を左右に振る。首を振るくらいしか意思表示の手段がないのだから、仕方ないのかもだけど。わたしからするとその惨《みじ》めな動作にさらにそそられる。

エネマグラにローションをたっぷりつけ、お尻の穴周辺でくるくる動かす。バイブでゆっくりと拡張した上、エネマグラを中サイズにしてあげたのはわたしの優しさだ。だって切れ痔になったらかわいそうだからね。

ぬぽ、と音を立てて入っていく。ハッ、ハッ、と悟くんが激しく呼吸した。顔を覆われて息苦しそうだ。そのうえ、お尻にエネマグラという異物が入ってくるのだから……。

「ふあァッ、ヒイッ」

高い声が上がる。まだ電動のスイッチは入れていないけど、急所に達したようだ。

少し手で動かす。

「アッアッアッ」

必死に腰を浮かそうと、体中に力を入れてベルトを引っ張っているのがわかる。

「はいちょっと、我慢だよー。お尻の穴から力抜いてね」

幼児に言い聞かせるように優しく囁《ささや》きながら、さらに動かしてあげると、やはり短く何度も息を吸って吐いてしながらきゅうっと尻穴を締めているようだった。きっと思わず力が入っているのだろう。わたしはさらにローションを垂らした。

ぬぽっぬぽっぬぽっ。ぬぷぷ。にゅぷん。

ちょっとこのまま拡張しておいた方が良さそうだ。

「慣れたらどんどんよくなるからね。さてと……。ふふ、もうこんなに真っ赤……」

貞操帯の鍵を開け、カパッと開いて、ペニスを自由にしてあげた。根本は縛ったままだけど、これでずいぶん楽に感じるはず。

(ガチガチに大きくなるまではね。まぁでも、あっという間かな?)

「ふあ、ああー、はぁぁう」

嬉しいのだろうか、喘ぎ声が漏れる。カリ首を指先できゅっと握ってあげただけで、ビクビクしながら、あっという間にむくむく大きくなってきた。

(若いから、早いねえ)

「わ、すごい。いっぱい漏れてきたよ」

透明の汁がじわじわと漏れてくる。ローションなしでも大丈夫なくらいぬるぬるしてきたけれど、さらに手に少しローションをつけて、縛ってある根元から優しくしごいてあげた。

「んあぁ、んあぁぁ」

射精をさせていないせいか、ガチガチに怒張《どちょう》している。紐が根元に食い込む様子が痛々しくも素敵な眺めで、うっとりしてしまう。

（ま、痴女ですから、わたしは……。それにしても気持ちよさそうだなぁ……）

乳首に装着していたグッズを外した。乳首も立って固くなっている。

「女の子みたいだよ、悟くん。ブラウスはだけて、乳首立たせちゃって。おちんちんもガッチガチ！」

ペニスをゆっくりしごきながら、乳首に舌を這わせる。乳輪からゆっくりと、中心に向かって舐《な》めて、軽く咬んで咥えて、乳首の皺《しわ》をなぞるように舌を動かし、そのあとは押しつぶすように、優しくゆっくり。

「あ……あ……あ……んぁぁ、あぁぁぁぁぁ」

悟くんの喘ぎ声が静かに響く。まるで動物の甘え声のようだ。よほど気持ちがいいのだろう。

体だけじゃなく、射精の自由をも完全に奪われ、意思を表示することも許されない。

おそらくそろそろ、耐えられなくなってくるだろう。

乳首責めをやめ、両手でペニスを握った。亀頭の少し上から鈴口に向けて、涎《よだれ》を垂らしてやる。

「あぁぁぁ」

温かいので何か感じるのだろうか。わたしの唾液が悟くんの我慢汁と混ざって、ペニスをさらにぬるぬるにしていく。

「おちんちん、舐めてあげるね」

「あぁ……あぁぁ」

亀頭をかぷっと咥《くわ》える。

(悟くんって、こういう味だっけ……)

こんなことでトドメを刺す気はない。そんなことしたらつまらない。舌先で割れ目をなぞりながら、竿はしごかず、焦《じ》らすように睾丸をやわやわ触り、エネマグラの電源を入れた。弱でもかなりの刺激になるはずだ。

「ふぁ、ふぁ、ぐぁぁぁぁ」

ギシギシと拘束椅子が揺れる。そんなことにはお構いなく、ぬちゅぬちゅ音を立てながらわたしは亀頭の割れ目やカリ首あたりに舌を這わせ続けた。

「ひぐっ、あうあううう」

何かを必死に訴えるように、バスタオルの中から声が聞こえる。そろそろ顔が見たくなり、いったん舐めるのをやめてエネマグラのスイッチも切り、悟くんの首輪とタオルを外してあげた。

「ふうん、こんな風になってたの」

顔中が真っ赤で汗がすごく、ボールギャグを嵌めた口の周りは涎と思われる液体でぬらぬらしている。

「あぐあぁ、あぐ」

「お口のも、外して欲しいの？」

必死にコクコクと首を縦に振る悟くん。

「どうしようかなぁ。だって、あんな生意気言うんだから、そういうお口ならわたしはいらないんだけどなぁ」

「あああ、あぁぁ、ああぁぁぁ」

首を左右に振りながら、必死に訴えてくる。血走った目には涙が滲んでいる。さすがにかわいそうになってきたので、ボールギャグを外してあげた。

「また生意気言うと、今度はずーっと外さないで嵌めておくからね。わかった？」

「うぁ、はぁ、は、い」

すぐにはしゃべれないようで、肩で息をしている。

「じゃ、続きね」

にこにこしながら再びペニスを咥える。悟くんの我慢汁は美味しい。いつまでもペロペロしていたい。エネマグラのスイッチも入れてあげる。

「あ、あぁぁ、あぁぁぁ」

切なげな声をあげながら身を捩る悟くん。

ちゅぷ、ちゅぷ、ぬちゅ、ぬちゅ……

「あ、あぁぁ、い、泉、さぁん、泉さぁぁん。お、お、お願いしますぅ、紐、ほどいてくださぁぁい」

声が変だ。しゃべり方も。まだそんな状態なのに、必死で訴えてくる。

「ひ、もぉ……ひ、ひもぉ」

「何言ってるんだか、わかんないよ」

「いあぁぁ、いあぁぁぁ、あ、あぁぁ」

「ふふ、精液が脳まで上がっちゃったかなぁ？　男なのにしっかりしなさーい」

根元の紐を確かめる。緩んでいる様子がないので続行することにした。

エネマグラの振動を弱から強へ。亀頭は咥えつつ、右手で根元からしごく。

「あっ、うーっ、うっ、うあぁぁぁぁー」

ひときわ切なげな声をあげ、手足をバタつかせ、体中を突っ張らせている。ペニスがビクンビクンと震え、わたしの口の中にどぷっと温かい汁が流れ込んできた。

精液ではない。透明な汁だ。味も違う。飲み込んで、口を放した。エネマグラのスイッチも切る。

「やっとメスイキできたね」

「あぁぁ……」

血走ったうつろな目。すぐには思考が戻らないようだ。

「気持ちよかったでしょう？　ふふ、でもまだ、おちんちんガチガチだよ。出してないんだもん」

「ううっ」

手足を必死に動かす悟くん。いくら抵抗しても、無駄なのに。絶対に自分で自分のペニスを触ることはできない。自分の意思で精液を出すことはできない。

「お願いですう、紐を、紐を外してください」

「えー。なんでわたしがそんなことしてあげなきゃいけないのよ。ほかの女王様にも調教されたんでしょう？　そんな奴隷は、罰として射精は無しなの。知らなかったの？　じゃ、わたしあっちの部屋で映画でも見るね。悟くんはここで朝までこうしてて」

そう言いながら、もういちど顔にバスタオルを被せた。さっきと同じようにその上から首輪をして、タオルが外れないようにした。

そしてお尻の穴のエネマグラをテープで固定し、スイッチを入れ、弱で動かす。ついでに、ペニスの竿部分にミニローターを貼り付け、それも弱めに振動させた。

「そ、そんなぁぁ、あ、あぁぁ、泉さぁぁん、待って……あ、あぁぁぁ、あああぁ」

バスタオルを被せただけだから、何をしゃべっているかはなんとなくわかる。けれど、聞こえないふりで返事をせず、隣室に移動した。

冷蔵庫からミネラルウォーターを取り出して飲んだ。

（わたしは何をしているんだろう？）

ふとそんなことを思った。夢中でプレイをしていたけれど、わたしは悟くんをどうしたいのだろう。

とても好き。とても大事。とても可愛い、悟くん。わたしは悟くんに幸せになってもらいたかった。わたしのような変態のプレイに感じる男の子であって欲しくなかった。だってまだまだ若くて、未来があるのだもの。それを奪いたくなかった。

でも。それと相反するような気持ちが、確かにわたしの中にある。取り返しのつかない性癖を悟くんに植え付け、永遠にわたしのものにしたい、そんな思いが……。

(ダメだよね。こんなこと考えちゃ)

まだわたしは服を脱いでいない。裸になっていない。今のところわたしはただ、悟くんにメスイキさせただけだ。

(今ならまだ、戻れるかな……)

しばらくぼんやりしていた。ミネラルウォーターのボトルが空になった。

隣の部屋から、ギシギシと拘束椅子を揺らす音が聞こえる。

「うぅっ、うっ、んはぁっ、うっうううっ、うーっ」

呻《うめ》くような声も響く。放っていると、呼びかけられた。

「泉さん、泉さん、お願いです、俺の話を聞いてください。泉さん、泉さぁぁん」

わたしはため息をつき、寝室に戻って、言った。

「うるさいよ。もういい。今日はもう、帰って。今全部外してあげるから」

「え？」

わたしは悟くんの頭からバスタオルを外し、手足の拘束をすべて解いた。ペニスには触れなかったけれど、それは自分で解くだろう。苦しいだろうし。

「聞こえないの？　もう帰ってって言ってるの」

「どうしたんですか？　泉さん」

悟くんは戸惑っているようだ。

「プレイはもう、おしまいってこと。あと、二度と来ないで……」

そこまで言ったとき、自分でも思いがけなく、涙が出てきた。

（やだ。どうしよう……）

「あの……わかりました。泉さん、さっきも言いましたけど、俺の話を聞いてください、お願いです。そうしたら帰りますから」

悟くんは大人しく言った。

そうだった、と思った。さっき悟くんは、寝室から隣の部屋に行ったわたしに、バスタオルを被せられながらも必死に訴えていた。

「話って……何」

鼻をすすりあげながら言う。

「一年間修行を積んだっていう話なんですけど、俺は内容についてあまりちゃんと話していません」

「もういい。そんなの、聞きたくない」

「いえ、お願いだから聞いてください。俺は、泉さんに認めてもらいたくて、修行を積もうと、色んなことをしました。それは確かです。でも、俺は、誰ともイケなかったんです。途中でダメになっちゃって」

「……え？　どうして？」

（一体、どういうこと？）

あの、初めての日。わたしと、あんなに達したはずなのに、そんなわけない。

「理由はわかりません。でも、俺が誰ともイケなかったのは確かです。何度試しても……。でも家で、泉さんを思ってオナニーするときだけは、百パーセント、イケました。だから泉さん……お願いです、責任を取って俺を……犯してください」

「そ……そうなの？」

炭酸の泡みたいに、心の中の何かが浮かび上がってはしゅわしゅわと消えていった。

（わたし。もしかして、やきもちを焼いていたのかな？）

悟くんに幸せになって欲しいという気持ちで、一度は放流したはずなのに、悟くんはわたしの思うような、普通の恋をしてくれなくて。

本当はすごく嫌だった。出会い系、ＳＭクラブ、ＳＭバーで、他の女に調教されたということが。悟くんに関しては、わたしはそんなことは、全く望んでいなかったのだ。

だって、そんなことなら、わたしがいくらだってやってあげられるのだもの。可愛い、大好きな悟くんを、調教するなんてことは。

そして悟くんを、わたしだけのマゾ男に……。でもそんなことは、望んではいけないと思っていた。

それなのに、やっぱり悟くんに会ったら我慢ができなくなって、家に連れ込んでしまった。

いつのまにか涙が止まっていた。

「悟くん……。じゃあ、わたしとイこうか……」

「はい。お願いします。俺は、泉さんがこれを解いてくれるまで、我慢するので……」

「そう。偉いよ。さすがだね」

わたしは向かい合う悟くんのペニスに手を伸ばし、根本の紐をさするように触った。

「うっ……」

悟くんのつらそうな声に、思わず笑ってしまった。

「いつ、解いてくれるんですか……」

ベッドの中で、寝転んで、キスをして。まるで普通の恋人同士みたいだけれど、違うのは、ペニスの根元が縛られているということ。

「催促なんて、生意気」

「すみません」

「バツ。後ろ向いて」

悟くんの両手首に手錠をかけた。

「こうしないと、自分で解いちゃうから」

「我慢するって、約束したのに……信じてくれないんですね」

「そんなのできるわけないじゃん、気持ちよくなっちゃったら。さ、お尻上げて」

「え……」

「早く」

尻を軽く平手打ちし、突き上げさせた。変態マゾらしい、なかなかいい格好だ。

ローションを手につけて、お尻の穴に指を入れる。

「あっ、あ、あぁ」

少し柔らかくなっていたペニスが、またガチガチになってきた。背後から少し、擦ってやる。すぐにまた、たまらなくなるだろう。根本も痛んでくるはずだ。

「だいぶお尻、柔らかくなったね」

きゅっと締まる穴の中。わたしの指の形に、内側が変化している気がする。こうやって毎日犯してあげたら、もっとそうなるだろう。ゆっくり探りつつ、コリッとした前立腺を見つけ、トントンと指で軽く連打してあげた。

「あ、あ、あぁぁ」

手錠をガチャガチャ言わせながら悶える悟くんが可愛くて、ますます興奮してきてしまう。

(ああ、もう、食べちゃいたい……)

「ねえ。虐待にならない殺し方って、食べちゃうことなんだって」

そう言うと、

「なら、俺のこと、食べてください……」

悟くんが喘ぎながら答えた。

「殺されちゃってもいいの?」

笑いながらそう言うと、

「はい」

そう答えた。

「そっかぁ……」

悟くんのお尻から指を抜き、仰向けにさせる。わたしもすでに全裸で、抵抗できない悟くんの顔の上に跨《また》がった。

「舐めて」

口も鼻も塞ぐように、びっしょり濡れた秘部を押し付ける。悟くんの顔が瞬く間に、わたしの蜜でべとべとになっていく。

「あんっ……」

悟くんが必死で、わたしの花びらやクリトリスに舌を伸ばしてくる。わたしも指で広げ、悟くんが舐めやすいようにしてあげる。

「あぁ……。気持ちいい……」

下腹部が熱く、ドロドロした汁が奥からどんどん染み出てくる。悟くんはそれを舐め、飲み込んでいる。愛しかった。

「好きだよ、悟くん……」

ドロドロ、ベタベタになった悟くんの首に、ベッドの上に放ってあった赤い首輪をつける。よく似合っていてうれしくなってしまう。それにリードつけて軽く引っ張ると、苦し気に首を振った。

「死にたいって、言ったよね？」

すごく嬉しくて、微笑んだ。ガチガチに勃起したペニスの根元をゆっくり触る。この紐を解いたら……。でもまだ、早い。

「入れるよ……」

思う存分味わいたくて、ゆっくりと腰を落とす。蜜壺の入り口に亀頭をピタリとつけ、指で広げ、頭の部分だけをぬっぷりと咥え込み、少し上下して楽しんで、さらにその奥へ。

「あぁぁぁっ……」

膣壁を押し広げるようにずぶずぶと、時間をかけて、最奥まで。

根元を縛り上げている、ガチガチのペニス。悟くんも喘いでいる。

「あ、あぁっ、泉さん、すごいっ」

「悟くん、気持ちいいよぉ……」

我慢できずに腰を振り始めると、悟くんが必死に声を上げた。

「うあぁっ、解いて下さい、お願いですぅ……」

根元を指でなぞる。紐の先っぽを引っ張り、しゅるっ、しゅるっと……。解いてあげた。

「あ、あぁぁぁぁっ」

悟くんの切なげな声。

(ダメ。まだだよ)

ぐいっと、首輪につけたリードを引っ張る。苦し気に顔を歪《ゆが》めた悟くんだったけれど、体の中のペニスがさらにひときわ膨れ上がったのを感じた。

「すごい、悟くん、すごい……」

リードを引っ張りながらそう言うと、悟くんの目が虚ろになった。上気して赤くなっているだけではなさそうだ。

長時間に渡り精液を出させなかったこと、そして首を軽く絞められたこと……。

悟くんも不自由な態勢の中、必死に腰を振り上げてくる。わたしも奥まで咥え込み、亀頭を子宮の入り口にこすりつけるように腰を動かしながら喘いだ。そこがすごく良くて、ぎゅうっと体の奥が吊り上げられるような感覚になる。

「あ、あぁ、あぁぁぁ、いぃいいいいい、イクっ」

「泉さ、ん、俺も、あ、あ、あぁぁぁ、イ、イクっ、イクっ――」

ガチガチに勃起しているペニスから、わたしの最奥めがけて精液が発射された。

「あ、あぁぁぁ」

温い水が体内にぶちまけられたような感覚に、ぶるっと震える。

そしてそれは長く続いて——。わたしは全身の力が抜けて、悟くんの上に倒れこんだ。

夜半に目を覚ますと、隣で男の子が眠っていた。すーすー、平和な寝息を立てている。

女王様は普通、マゾ男と一緒に眠ったりしないものだ。我ながら、なんだか不思議になってしまう。

仰向けで、中空をしばらく見つめて、そしてゆっくり姿勢を変え、眠っている悟くんのほうを向く。

(ふふ。悟くんって名前も良いね。今夜悟くんを殺しちゃえば良かったなぁ。

悟くんは死んで、わたしのものになって、永遠にわたしの奴隷として生きるの。

何度輪廻転生しても、やっぱりわたしのところに来て、わたしに犯されながら暮らすの。

だから悟くんは永遠に悟れないの。とても素敵でしょう?)

そんなことを思いながら目を閉じると、すぐに深くて温かい暗闇がわたしの周りを覆った。

たぶん悟れないのはわたしで、何度生まれ変わっても悟くんを探してしまうのかもしれないなと思ったけれど、それはとても幸せな想像で、ぜんぜん嫌じゃなかった。

初出一覧

新入社員　「Aubebooks」2018・07
同級生　「Aubebooks」2019・06
コンビニの男　「Aubebooks」2020・09
専務　「Aubebooks」2020・11
ホスト　「Aubebooks」2021・05
二度目の男子　「Aubebooks」2022・05

紅文庫

わたしのごちそう

乃村寧音《のむらねおん》

2022年 9月 15日　第 1 刷発行

企画／松村由貴（大航海）
DTP／遠藤智子

編集人／田村耕士
発行人／日下部一成
発売元／株式会社ジーウォーク
〒 153-0051 東京都目黒区上目黒 1-16-8 Yファームビル 6F
電話 03-6452-3118
FAX 03-6452-3110

印刷製本／中央精版印刷株式会社

ISBN978-4-86717-460-9

こんどは深く
末廣 圭
Kei Suehiro
性生活は、
主人に育てられたんです——！
わたしの唇を初めて奪ったのは、あなただったのよ……
あの時、好きと言えなかった男女に訪れる、情熱の再会
恥知らずな女だなって、軽蔑していたんでしょう。いつも短いスカートなんか穿いて——澤田は、昔、河津温泉で、二晩に七回も求めた人妻の倫子と、四ツ谷の小料理屋の二階で逢っていた。あの夜の回想はやがてお互いの時を巻き戻し、ごく自然に……不器用だった男女が、月日を経て奔放に求め合う、珠玉の短編集！
定価／本体720円＋税
好評発売中

壊れるまで抱いて
津村しおり
Shiori Tsumura
もっと犯して……
一緒に狂って……
清楚な人妻が、淫らなショーへの出演を決意。
心では抗いながらも、その肉体は覚醒し──。
奈緒美は病魔に侵された夫の命を救うため、財界の大物が主催する闇のセックスショーに出演することを決意した。夫の拙い性技しか知らない女体は、調教師によって開発され、剛直に貫かれるたびに覚醒する。その神々しい姿は男たちを魅了し、破滅させてゆく。そんななか、奈緒美は衝撃的な事実を知らされて……。
定価／本体720円＋税
好評発売中

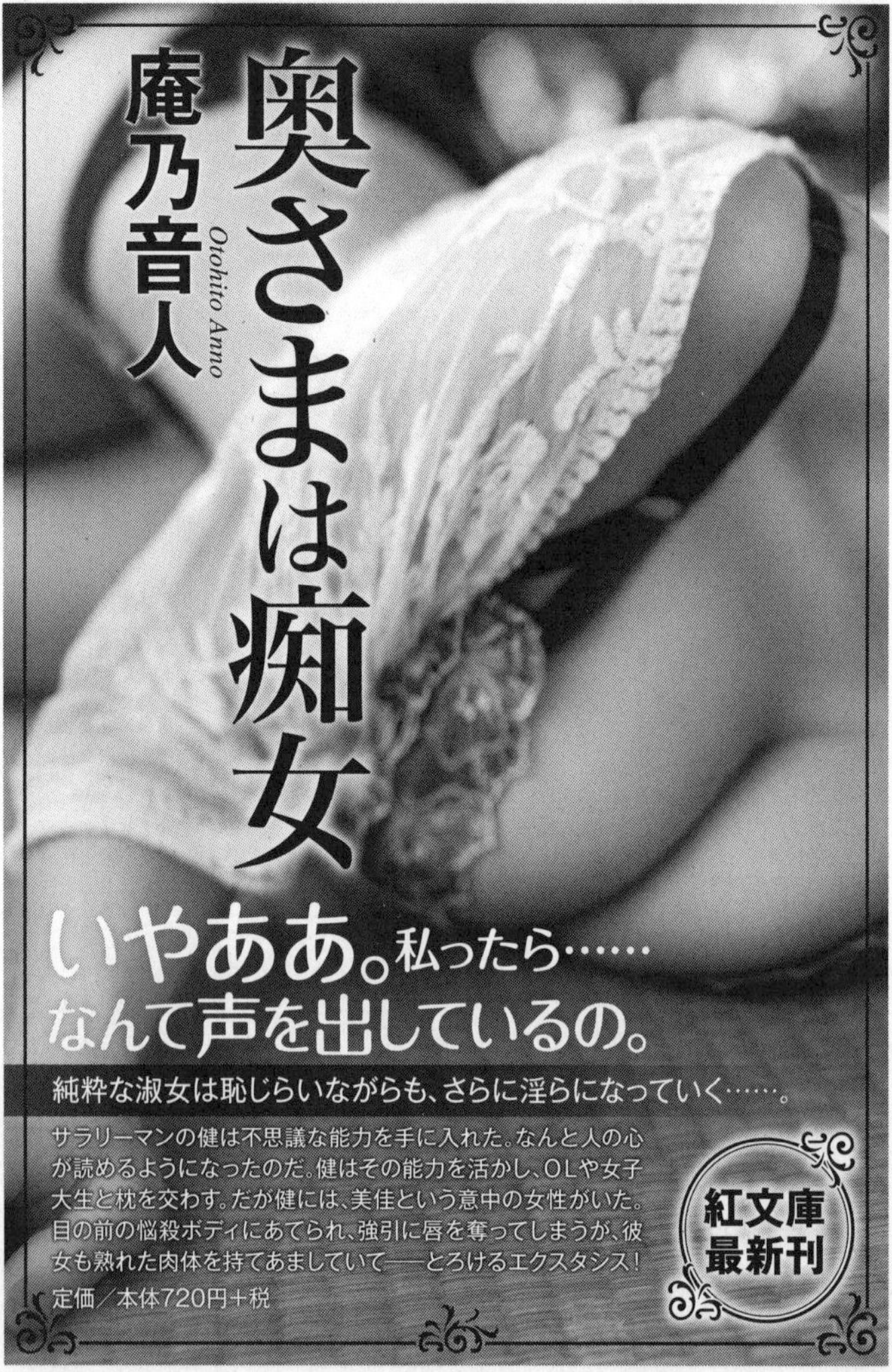
奥さまは痴女
庵乃音人
Otohito Anno
いやああ。私ったら……
なんて声を出しているの。
純粋な淑女は恥じらいながらも、さらに淫らになっていく……。
サラリーマンの健は不思議な能力を手に入れた。なんと人の心が読めるようになったのだ。健はその能力を活かし、OLや女子大生と枕を交わす。たが健には、美佳という意中の女性がいた。目の前の悩殺ボディにあてられ、強引に唇を奪ってしまうが、彼女も熟れた肉体を持てあましていて——とろけるエクスタシス！
定価／本体720円＋税
紅文庫
最新刊